Dedicado a ese segundo indetectable en que, sin saberlo,

algunos logran devenir en otros

Buenos Aires, agosto 2022

SOLO POR HOY

I

Treinta y cinco años. Treinta y cinco años hace ya.

En un bar desierto a la orilla de la ruta, justo en la entrada de un camino que llegaba a sin aviso a pueblo sin nombre, cuatro personas miraban fijamente a otra, sentada frente a ellos, ávidos de su respuesta.

– Por favor: Si puede hacerlo, hágalo. Se lo agradeceremos cada noche; todos, todas las noches de nuestras vidas.

Si ya era difícil dudar ante esas caras que combinaban deseo y extrema necesidad, imagínense lo impensable que era la idea de plantar un "no".

Era un año como cualquier otro, un 1972 sin demasiados hitos que lo hicieran brillar. Salvo esa mesa, esa pregunta y su esperada respuesta.

Lo que esos desconocidos le estaban ofreciendo a ese hombre era una variante de su sueño recurrente de ganar la lotería o encontrar mil millones de millones en una bolsa en el parque. La fantasía de que un golpe de suerte lo sacara de las rutas, los viajes, las ofertas y lo pusiera para siempre en un lugar de contemplación y vagancia.

Esos que lo miraban con deseos desconocidos, querían que fuera el "historiador oficial y permanente" de todo un pueblo. Chico, sí, pero pueblo al fin: calle principal, intendente, tienda de todo un poco, plaza, amores, odios, castigos y, como moneda corriente, la convivencia absurda con el misterio. Es que en ese pueblo a contramano en mitad de la pampa faltaban todos los ayeres. O para ser más precisos, los tenía pero nadie podía recordarlos. Y ante este vacío, la opción que elegían cada día era vivir como si toda su existencia fuera igual a ese presente en el que amanecían cada mañana.

En esa mesa del bar, además del postulante, estaban sentados cuatro lugareños -todos con su nombre bordado en la ropa- que desde hacía una hora embestían con convicción con su tarea titánica. Un hombre regordete, de piel, pelo y ojos naranja, sudoroso y efusivo, con un aire de autoridad prestada por el cargo –Intendente decía el bordado en rosa viejo– aportaba el aspecto trágico y urgente a la reunión: parecía que su próximo sofocón sería el último.

A su lado, una señora con un caoba muy poco natural en su pelo, de unos 65 años, elegante aún en su guardapolvo con pequeñas alforzas en el frente, escondía su mirada verde oscuro detrás de unos anteojos angostos terminados en un ala de cisne a los costados. Tenía un aspecto serio y dulce a la vez, prestando tanta atención a las palabras que se usaban para persuadir al extraño -es decir, al postulante- como a las reacciones que ellas provocan.

Frente a ellos, una joven pareja de veintitantos tomados de la mano que no se soltaban ni cuando el muchacho acompañaba con movimientos ampulosos la pasión de sus argumentos.

Según afirmaban -y lo hacían todos con sus gestos y sus ojos aunque sólo hablara uno- cada noche, con el sueño, perdían lo que había sido su vida. Despertaban amnésicos, vacíos, olvidados; solos o acompañados de un extraño que, aunque no lo supieran, probablemente fuera siempre el mismo.

Por supuesto tampoco recordaban desde cuándo pasaba esto ni desde cuando lo sabían; tal vez lo advirtieron la primera mañana, quizás se atrevieron a contárselo al vecino sólo ese mismo día. Y quién sabe si no habían probado ya que alguna otra persona de paso les ayudara a conservar el pasado. Pero ahí y ahora, de hecho, él era el único sin nada que hacer en ningún otro lugar del mundo, tentado a ocupar un sitio de tanto honor, por no decir a los gritos, de poder.

Cuando ya había decidido internamente que el puesto era suyo, probó con unas cuantas preguntas el grado de entrega que esa gente estaba dispuesta a asumir. Porque para ser sincero, la única razón lógica que se le ocurría para aceptar semejante locura era la posibilidad de desplumar a esos desmemoriados, convertirse en ese magnate que siempre soñó ser con el dinero que, de seguro, esos otros tendrían en sus casas al alcance de la mano. Pero la ocasión merecía dosificar su confianza, tal vez ellos también tuvieran resquemores y le dejaran señales invisibles para probarlo y entonces acabaría descubierto y molido a palos por una turba que al día siguiente no recordaría su crimen.

Empezó así con el interrogatorio exploratorio.

– ¿Y no probaron otros métodos? Como dejar escrito en algún lugar seguro los datos más importantes de sus biografías.

– Es lo que hizo la señora Sara. Encontramos esos papeles cuando... Bueno, no es una historia agradable...–dijo el señor Aníbal López, secándose unas gotas de sudor que caían desde su roja cabellera– La casa de la señora Sara desprendía un olor...bueno... rancio.

– Muerta en su cama la encontramos. Bien muerta, pobrecita – intervino para evitar sutilezas la señora Gladys, la de los anteojos de cisne.

– En los papeles contaba su vida pero eran sólo de unos cuantos días anteriores a su... usted perdone, deceso -continuó el funcionario-. Era una mujer anciana, sin recuerdos, bueno, claro, jeje, como todos, así que sólo decían cosas como "hoy comí sopa", "traer más lana", "hizo frío", "Me gustaría saber si Ulises alguna vez volvió a su casa". Esos papeles se encontraron esta mañana de casualidad, en un lugar... Bueno, la verdad es que a nadie le fueron útiles...

– Inútiles –acoto con cara suspicaz Gladys, dejando un halo de sospecha detrás de sus palabras y sus gestos.

– Bueno, sepa disculpar –continuó Aníbal López: Intendente, según su camisa celeste– es que ocurrió además un hecho... digamos... delictivo relacionado con este tipo de metodologías de archivo.

– Algún delincuente, alguna persona perversa con mucho que olvidar, violó la caja fuerte en dónde seguramente se guardaban esos datos personales. Algún mal bicho, sin duda.

Gladys era una mujer de pocas vueltas y muchas menos pulgas, aunque extremadamente educada. No le gustaban los circunloquios con que tanto disfrutaba hablar el Intendente por lo que remataba cada uno de sus relatos de manera tajante y directa, ahorrando un tiempo que, por su "condición", tenía sobrevaluado. A él no lo miraba nunca a la cara, miraba directamente al postulante o a la pareja de enamorados, pero sólo de reojo le prestaba atención al hombretón. Sin embargo, no había enfrentamiento entre ellos, más bien eran complementarios. Sería esa la razón por la que fueron ambos los que encabezaron esta comitiva de persuasión.

– Si, bueno, déjeme explicarle –y después de volver a secarse otro río de sudor de la frente, López continuó– tenemos una caja en la iglesia donde aparentemente guardábamos documentos oficiales de bodas, nacimientos, sociedades, juicios, etc. Pero amaneció vacía, con signos de haber sido forzada.

El convencible extranjero pensó sobresaltado: ¿Sería esa una señal a tener en cuenta, una prueba de que su amnesia no era tal? Debía estar alerta.

– ¿Y cómo saben que esos documentos estaban en esa caja? ¿Cómo recuerdan lo que dejaron dentro si no se acuerdan de nada? –les preguntó rápidamente.

Fue Gladys quien contestó con un tono de "por favor, no nos haga perder el tiempo":

– Etiquetas señor. La caja tiene etiquetas que dicen: "Caja-Archivo" "Registros oficiales" "No tocar" "Partidas de nacimiento - Actas de casamiento - Actas de sociedades - Juicios". Pero ese punto es lo de menos. La realidad es que está abierta, forzada y vacía. Vulnerada... Ultrajada.

– ¿Y cómo saben que pusieron algo adentro? –les espetó rápidamente.

Un enorme silencio se apoderó de los cuatro. Fue la mujer joven la que respondió, abrumada por el silencio, con una voz casi infantil:

– No lo sabemos señor. Pero suponemos que si alguien se tomó el trabajo de etiquetar esa caja y si hay en el pueblo nacimientos, negocios, casamientos y muertes, el único lugar en donde podrían estar es ahí.

– Pero no lo saben. No están seguros.

– De nada, señor. No estamos seguros de nada. –El tono del muchacho parecía tan trágico que decidió darse por satisfecho, momentáneamente, con la respuesta.

Lo imposible podría ser cierto: la falta de recuerdos parecía total. La noche cundía como un baño de blanqueador sobre sus sueños que les dejaba la mente totalmente limpia.

Por qué estaban frente a ese hombre de entre todos los hombres del mundo era también un vericueto insondable. Claro que ellos no sabían que el postulante, Emilio Chechetto, por esa época era un verdadero sátrapa. Trabajaba como viajante de comercio y hacía más de una semana que se había quedado sin un peso: andaba solo con la valija llena de pequeños electrodomésticos que conformaba su cartera de muestras y que iba usando como moneda de trueque. Había llegado hasta ahí atravesando la llanura gracias a una batidora de mano que un buen camionero se llevó para su esposa como regalo de aniversario. Una semana de hotel en una ciudad sencilla a cambio de un taladro. Y dos cepillos de lustradora eléctrica por dos desayunos.

Pero de las pequeñas maravillas domésticas quedaba poco: un encendedor sin pila, sin cable y sin piedra y tres cajitas de mechas. Nada más. En esas condiciones no estaba para reticencias: al día siguiente, en un mañana que para él sí era previsible, lo alcanzaría por fin la miseria.

Dijo sí con una cara tan seria como se imaginaba ameritaba la ocasión y estrechó la mano de cada uno de ellos con su mente perdida en cuál sería la manera más rápida y eficaz de sacar provecho de la situación y sumergirse en su sueño de cumplimiento, ahora sí, efectivo.

II

El pueblo no tenía hotel así que entre todos buscaron una casa con aspecto de deshabitada y no estuviera en ruinas. La encontraron al décimo tercer intento: no era muy grande, con muebles antiguos un poco maltrechos y la enorme capa de tierra que cubría todo daba garantías de no tener gente habitándola desde hace bastante tiempo.

La señora Gladys y el Intendente se quedaron recorriendo la casa con Emilio, nombre que nadie sabía aún porque no se habían molestado en preguntarle. Eran apenas dos habitaciones que daban a un patio-galería lleno de plantas sobredimensionadas por el abandono, con una cocina pequeña y un baño mínimo al otro lado del patio. Él entraba y salía de las habitaciones dándose tiempo para imaginar la mayor cantidad de "imprevistos" que pudieran estropear su factible mina de oro.

– Discúlpenme, pero: todo el pueblo está de acuerdo con esto, ¿no?

La cara de ambos fue de extrañeza profunda. No parecían entender el porqué de la pregunta y antes de contestar, cosa que les llevó un tiempo nada despreciable, se miraron por primera vez a los ojos como buscando ahí el sentido.

– Imagínese que no podemos hacer grandes encuestas. Cuando lo vimos ahí sentado fue ponernos de acuerdo unos pocos... y listo...

Una gran nube negra parecía cernirse sobre sus planes. Los miró con el ceño fruncido y comenzó a mover débilmente la boca en silencio esperando que alguna idea contundente lo llevara de nuevo a la cima.

No hubo tiempo porque Gladys arrebató la palabra enriqueciéndola con el gesto más concluyente de su amplio repertorio.

–Los otros no van a molestarlo. No es de historia particulares de lo que debe tomar nota, es la del pueblo en general. Sepa que, para resolver problemas de convivencia diaria, tenemos una autoridad competente –dijo mirando por el rabillo del ojo al Intendente, que volvió a enrojecer, sudar y pasar su desleído pañuelo por la frente en un único movimiento.

Emilio quedó parcialmente conforme y como no tenía ya más que decir, procedió a cerrar la boca. Pero entonces una urgencia nueva se apoderó de él y decidió dejar definitivamente el resto del interrogatorio para otro momento. Eran apenas las 12 del mediodía y tendría hasta el fin de esa noche para ultimar los detalles de su nuevo empleo. Necesitaba conocer el terreno y tenía que hacerlo solo.

Los veinteañeros, mientras ellos tres habían entrado a la casa, esperaban en un banco de cemento bajo uno de los tilos de la vereda, mirándose y rozándose como para recordarse siempre. Cuando salieron a buscarlos, sus miradas y movimientos daban la seguridad de haber interrumpido una de las conversaciones más tiernas y dulces de las que se tenga memoria... por lo menos en ese pueblo.

– ¿Les parece que de unas vueltas por el lugar yo solo? Después, ya los busco si se me ocurre algo –preguntó sin dar opción a negativas. Y así lo entendieron, porque asintieron sin objeciones.

Mientras se alejaban, de a pares y hacia lugares opuestos, sintió que era el momento ideal para prender un cigarrillo. Pero hacía ya dos días que no tenía y la calle estaba completamente desierta como para encontrar a alguien a quien pedir uno. Resignado, empezó a andar.

El pueblo no era grande, apenas nueve cuadras de largo por seis de ancho. Después, la calle principal continuaba sola hasta la ruta, para el lado contrario al arroyo. Seguramente las primeras casas se ubicaron cerca del agua y así fueron creciendo hasta formar un núcleo, pero no lo suficientemente importante como para que la ruta se le acercara un poco más. Para colmo la historia les jugó una mala pasada: el cauce del arroyo parecía mucho más grande de lo que realmente ocupaba ahora el agua, seguramente se habría secado poco a poco, dejándolos a la vez huérfanos de naturaleza y de progreso.

No le llevó mucho tiempo recorrer cada vereda, cada calle, cada esquina; hizo todo el circuito en 40 minutos, incluyendo el cauce semi-seco y su vado entumecido. El diseño de la urbanización contribuía al registro de las diferencias sociales: unas pocas casas elegantísimas para los principales del pueblo, unas dependencias enormes y austeras para la oficina pública y el resto todo igual: techos planos, paredes blancas, puertas verdes o marrones con las persianas a tono. Cada vereda con uno o dos árboles espesos y lánguidos, zanjas secas en el borde de las calles de tierra y un silencio atronador embebiendo el aire.

El silencio era el principal protagonista. Demasiado, inclusive para un pueblo a la hora de la siesta. Ni una sola vecina asomada a las ventanas, ni una radio, ni una televisión. ¿Dónde estaba la mejor amiga, la compañera, la aplanadora de imágenes en dos dimensiones?

La tele era una nueva vacilación sobre su seguridad. ¿Por qué no grababan sus vidas? ¿Por qué no metían una filmadora en su casa y registraban los momentos transcendentes? ¿Y si ya lo hacían y no se lo informaban para descubrir si los engañaba? Y si lo hacían, si se conservan en imagen sin reverso, entonces ¿para qué le estaban proponiendo esto?

La duda atacaba de nuevo. Ya había aceptado el trato con su cláusula de desplume secreta, pero en vez de estar planeando la forma en que iba a robarles o de enterarse siquiera qué les podía sacar, ya le empezaba a correr la gota helada de la culpa sobre el cuerpo ardiente de codicia.

Tenía que tranquilizarse. Para sí mismo sus intenciones estaban claras desde el primer segundo, pero ellos confiaban en él. Algo habrían percibido que les impulsó a proponerle el honorable puesto de historiador mediato, descartando, claro, la idea de que tal vez se lo propusieran a todo aquel que se sentara en alguna de las mesas del bar. En última instancia quizás desconfiaran, pero no lo harían durante mucho tiempo: en el caso de que guardaran algún registro, si hubieran previsto algún sistema de monitoreo, se cansarían rápido de eso y en pocos días gozaría de su entera confianza. Recién en ese momento sacaría con gusto su traje de depredador. El tiempo, como nunca antes, estaba a su favor.

Mientras se deleitaba en esta sagaz conclusión, un perro pequeño, marrón claro mezcla con blanco, de pelos revueltos, dientes desparejos hacia fuera y ojos desorbitados, dio vuelta la esquina hacia él. El instinto de viajante de comercio acostumbrado a toparse con esos monstruitos arrogantes de cuatro patas y escasos centímetros de alto, lo hizo frenar en seco. Un ladrido asegurado y hasta algún mordisco al garrón le dedicaría el chucho ese. Pero no, un nuevo prejuicio, el engendro paso a su lado como si no estuviera, ni siquiera giró la cabeza ni alzó la nariz para catar el rastro.

Y ahí estaba otra vez la duda. Los perros: una renovada amenaza. Si los perros no gozaban de la misma amnesia, lo recordarían para bien o para mal cuando pasara por sus casas más de una vez. Debía cuidarse de ellos.

No debía permitir que se fueran acumulando las incertidumbres y los posibles testigos: si quería gozar alguna vez de la gloria de la impunidad y el dinero, debería empezar a descartarlos sean del tamaño y condición que fueran. Decidido a empezar por alguien, el enemigo peludo parecía buena opción.

Sin más, dio media vuelta y silbó amistosamente al perro. Ya estaba bastante lejos, pero al oír el sonido fino, se plantó en seco y giró su cabeza. Él se agachó para estar más cerca de su cuerpo, siguió con la silbidito y empezó a chasquear los dedos, extendiendo un brazo hacia la espantosa vivacidad cuadrúpeda. El perro, después de unas miradas torvas y unos movimientos dudosos, enfiló hacia él moviendo la cola. Al tacto su pelaje era tan desagradable como su aspecto pero de cerca inspiraba un poco de piedad: daba pena despreciarlo de tan feo. Mientras le acariciaba la cabeza y él parecía extasiarse con las orejas bajas en un placer intransmisible, se cercioró de que nadie presenciara lo que estaba a punto de pasar. Todas las puertas y persianas cerradas, nadie en la calle, nadie en las terrazas. Entonces se levantó y sin dudar, le acertó una buena cachetada en la trompa.

El perro lanzó un aullido y un segundo después, juntó toda la furia con el coraje para empezar a ladrar y tirarle mordiscos a los tobillos. Despacio, como para que no perdiera las esperanzas de alcanzarlo, Emilio se alejó corriendo mientras lo amenazaba con patadas voladoras de tanto en tanto. En un momento, cuando el chucho ya casi lanzaba espuma por la boca del odio y la impotencia, aceleró el paso y lo dejó atrás. Mañana volvería a buscarlo y si el olvido le perdonaba los garrones, la primera prueba estaría cumplida.

Todo el mundo sabe que los perros son los que mejor recuerdan sus odios. Si el contrahecho peludo olvidaba, el resto podía ser mucho más fácil de lo previsto. Habría que esperar.

III

Regodeándose en su villanía de baja calidad pero sintiéndose una eminencia, se preguntó cuál era el otro asunto. Ah, sí: la tele. El paseo de reconocimiento le había consumido bastante tiempo y muy pronto debería encontrarse con sus "jefes". Tendría que ser muy eficiente: si algo se le cruzaba por la mente había que verificarlo al instante. Así que, sin titubear, golpeó las manos en la puerta de la casa frente a la que estaba parado.

– ¿Señora? ... ¿Seeñoraaaa? –dio algunas palmadas más, aguzó el oído rastreando algún signo de vida y esperó quieto.

Primero el sonido de una silla arrastrada. Después unos pasos acercándose desde lejos, cada vez más cerca, y por fin, una cara regordeta del otro lado de la ventanita de la puerta. Una mujer lo miró atentamente, estudiándolo, como intentando conectar esa cara con algún nombre o recuerdo difuso dentro de su cabeza. Abrió la puerta de chapa verde y se acercó para mirarlo más de cerca.

Por un momento Emilio creyó que su suerte había terminado antes de empezar. Si aunque fuera por error esa mujer en bata confundía sus facciones con las de algún otro, querría decir que por lo menos ella no olvidaba. Y una sola memoria activa era la condena eterna.

Sonrió con una mezcla de soberbia y condescendencia y se presentó:

– Buenas tardes, señora. Soy Rolando Rivas. Taxista.

La mujer dejó inmediatamente de buscar en su cerebro. Pero en contra de lo que su pavor culpable pronosticaba, la cara no mostraba otra cosa más que desinterés y prisa. No lo conocía, obviamente, ni a él ni al personaje de novela.

- En qué lo ayudo –dijo sin vueltas ni ganas de charlar.
- Quería conocerla. Pero bueno, veo que usted no me recuerda....

¡Zas! no era recuerda la palabra que debía usar. Cortó ahí la frase por temor a que sospechara. Recordar no era lo apropiado, eso daba a entender que él sabía lo pronto que olvidaban. Pero al ver su reacción se dio cuenta de que exageraba, otra vez.

- No, disculpe, pero no lo recuerdo. ¿Qué necesitaba?
- Mi nombre verdadero es Claudio García Satur y soy actor. Protagonizo una novela, Rolando Rivas, y estamos haciendo una gira por el interior para saludar a los fieles televidentes. ¿Me recuerda ahora?
- Me temo que no, vemos poca televisión. Es un poco aburrido... Escuchamos radio. ¿Usted sale en la radio? ¿Qué canta?
- ¿Porqué no ve la novela? ¿Le parece aburrida? –Tenía que seguirle la corriente, pero tranquilo, tratando de controlar la taquicardia.
- No, mire. Es que me cuesta seguir la trama. Escucho la radio, por la música nada más.
- Ah, ah... Está bien. Y si no le molesta, ya que usted no me conoce: ¿no podría decirme de alguien a quien le gusten las novelas?

- Mmmm.... La verdad que no. Pero pregunte por ahí, a alguno le gustarán... Buenas tardes.

Y sin decir nada más, dio media vuelta y se metió dentro de su casa.

¿Qué debía hacer? ¿Cómo sacarse la duda definitivamente?

Mientras levantaba la vista al cielo siguiendo una línea imaginaria desde la puerta, por el alero y el techo se dio cuenta de que esa casa no tenía antena. Y tampoco la siguiente, ni las otras, ninguna en esa cuadra, de un lado u otro de la calle. Una onda de serenidad le calentó el cuerpo. Era muy probable que esa oscura caja de figuras no llamara en ese pueblo la más mínima atención. Era muy factible que ni siquiera supieran que necesitaban satisfacer esos instintos. Pero no debía dejar la brecha de la incertidumbre abierta. Por su tranquilidad, tenía que seguir preguntando.

Como ya había sobrepasado la hora del almuerzo, continuó con el relevamiento camino al bar.

- Buenas tardes. Soy Diego de la Vega. ¿Me conoce?
- Buenas tardes tenga usted, buena moza. Soy Marlon Brando. Para servirle.
- Muy buenas. Soy Ricardo Tapia.
- Como le va. Soy Gregory Peck.
- Buenas, soy Alberto de Mendoza.
- ¿De dónde?

Las caras de indiferencia más contundente que conoció en su vida sólo podían deberse a dos cosas: o realmente no frecuentaban medio de comunicación alguno o esto era definitivamente un gran complot perfectamente actuado. Pero no podía haber en el mundo actores tan consustanciados y perfectos, no, no era posible.

En eso estaba su cabeza cuando hizo sonar un nuevo timbre. Y mientras buscaba rápidamente en la memoria el nombre de otro artista de moda, le sorprendió ver que era Gladys quien atendía esa puerta. Su boca quedó abierta, interrumpido el cliché, y fue la mujer quien tomó la delantera para la charla.

- ¡Qué bueno verlo! Estaba pensando en usted, que suerte que pasó por aquí...–interrumpió la frase para poner cara de duda. Seguro se preguntaría por qué había ido a su casa si no tendría cómo saber cuál era, pero desistió de hacer la pregunta, acostumbrada seguramente a aprovechar cada momento. Desarqueó las cejas y continuó.
- Necesito saber su nombre, tengo que hacerle varios de éstos para su ropa –dijo señalándose la etiqueta con su "Gladys" sobre la solapa ancha– ¿Cómo se llama?
- Marcelo –dijo con firmeza– Marcelo Mastroianni. Así me llamo.

Toda su vida había querido dejar de ser Emilio Chechetto y la oportunidad, al fin, había llegado.

- ¿Podremos reconocerlo como Marcelo, entonces? ¿Sólo Marcelo?
- Si, por supuesto. Marcelo, solo Marcelo.

- Muy bien, en dos horas le llevo las etiquetas a su casa. Le hago tres, así puede ir cambiándoselas. ¿Tres está bien, no? –Sin esperar respuesta se autoconfirmó la cifra y entró rápidamente en su casa para comenzar el trabajo. Pero sorprendida por el fulminante recuerdo de un olvido se frenó en su sitio y le arrojó la frase– ¿Tiene ropa de gala para la fiesta de esta noche, no?
- ¿Cuál fiesta?
- Claro, eso todavía no le dijimos. Está visto que todas las noches después de las 9, empezamos una fiesta en la plaza del pueblo. Están los instrumentos de la banda preciosos sobre una tarima. Cada uno llevará comida y bebida. Y nos vestiremos con lo mejor. Es de gala, ya le digo.

Otra vez el frío, otra vez el estremecimiento, otra vez el terror a perder lo que nunca tuvo. Esa invitación, así planteada, ya lo llenaba de dudas, pero lo que agregó le heló la sangre.

- Venga, así le presento a todos. Así lo conocen. –dijo Gladys intentando dibujar un gesto amable con la sonrisa apretada por unos labios finitos y unos pómulos regordetes.

Como a Emilio ya no le cabía más pánico, contestó como con una estocada desesperada.

- ¿Presentarme? ¿Usted sabe quiénes son todos? ¿Qué hacen, qué piensan?

El rostro de la mujer se llenó de sombras, y con la voz apagada contestó:

- Sé sus nombres... Su ropa –y levantó la etiqueta, que a partir de esa tarde él también llevaría puesta. El derrumbe de la mujer trajo el engrandecimiento del viajante. Ella intentaba ser normal a toda costa, imitando gentilezas que en verdad desconocía, simulando esperanzas con abnegación para poder imaginar, por un minuto, que podía sentirlas. Así que con esa ventaja, el historiador falsificado continuó triunfante.
- ¿Y cómo sabe que hacen esa fiesta? ¿Cómo se hace para organizar una fiesta así todas las noches con sólo unas horas de... memoria al día? –Sí, sabía que estaba siendo cruel, pero era la dignidad de ella o las expectativas de él. Gladys, desde esa oscuridad que le había invadido aclaró:
- Hay carteles, en las esquinas. Ahí dice todo esto que le digo. Y yo tengo ropa de gala en el ropero así que debe ser cierto. Y la basura. Esta mañana la plaza estaba llena de basura, restos de fiesta.

Bueno, muy bien, tampoco iba a ser tan malo. Le decía la verdad, su amargura la delataba y sus argumentos eran creíbles. Había visto los carteles, pero como no tenían fecha y parecían ya muy viejos creyó que eran de algún evento pasado. Su mente, a diferencia de la de ellos, podía concebir un tiempo que ya no volvería. Para él habría mañanas estupendos y ayeres superados, pero todo era un hoy urgente para aquellos que no podían reconocerse dentro del gran cauce de la historia.

Se despidió de Gladys y su desazón que lo dejó un poco conmovido. Tuvo ganas de volver para decirle: "No se preocupe, en realidad para todo el mundo el tiempo siempre salva lo bueno solamente". Pero no lo hizo. No.

IV

El rugido impiadoso de su estómago le recordó que hacía tiempo que no probaba bocado. El café con leche del desayuno lo distrajo un poco, pero la miseria venía acechando y se había salteado unas cuantas comidas en los días pasados. Por ahora no había nada más que ver entre las calles de tierra de ese pueblo; una buena milanesa con papas fritas a caballo y unos vasos de tinto a cuenta de... ¡el pueblo! eran una tentación irrefrenable. Y así encaró satisfecho para el bar de la ruta.

Estaba vacío, ni una sola mesa ocupada. Sólo el dueño del otro lado del mostrador, dándole órdenes a un adolescente desalineado que posiblemente fuera su hijo. Si este bar estuviera dentro de una estación de servicio, en ese momento una manada de camiones estaría diseminada por el frente y los costados y el júbilo ruidoso de las mesas comunales de choferes se oiría desde metros antes de entrar. Los camioneros, abrumados por la soledad de la ruta, encuentran en esos restoranes el oasis en donde recordar que son parte de algo. Pero éste no era precisamente el lugar ideal para esas cosas y la distancia hasta el pueblo no era más que una metáfora.

El dueño del bar lo reconoció y con un cabeceo le indicó una mesa en donde sentarse. Apenas lo vio instalado, con vista directa a la calle principal, se acercó con un pingüino de tinto y un vaso marrón transparente de los que no se rompen, a veces.

- ¿Qué le traigo? Tenemos sólo minutas –y con un nuevo cabeceo lo remitió a una listita en una hoja de papel suelta que tenía como título "Minutas". Emilio sonrió con una mueca breve y con el papel en la mano pero sin mirarlo hizo el pedido

- Una milanesa, a caballo, con fritas

La cara del hombre lo sorprendió. Sus ojos dieron un giro y se posaron en silencio y con insistencia sobre el menú. Como no hizo ningún otro movimiento, decidió mirar. Había pollo, había empanadas, había milanesa, sola, con fritas, napolitana, con puré. Y fideos con tuco o manteca. Y flan, queso y dulce o fruta. Y agua o vino. No era muy variado, no, pero él no había pedido algo complicado. Volvió a mirar buscando la clave del desconcierto del mozo y no encontraba nada que... ¡a caballo! El hombre no sabría que era "a caballo".

- Le pido... una milanesa napolitana con fritas. Y el vino ya lo trajo –le dijo serenamente, como si la escena anterior no hubiera ocurrido. No pasaría mucho tiempo para que entendiera que esa era la forma que ya adoptaban los locales para convivir con la realidad en fuga que imperaba en ese pueblo. Cada hecho como una isla, una instantánea. Clic.

Esperaba ansioso la comida -el estómago ya crujía demasiado delator- cuando la resolana se oscureció y un ruido ensordecedor de fuelle desinflado rompió el sopor. Contra todo pronóstico, un camión había estacionado frente a la puerta del bar. Sería un error. ¿Sería un error?

Lo que fuera, otra vez estaba intranquilo como si el delito que imaginaba ya estuviera cometido y el castigo estuviese persiguiéndolo. Puso las dos manos sobre la mesa, como admitiendo estar desarmado y observó cada movimiento del camionero acercándose. Mientras lo hacía, se repetía intentando convencerse "Sos un buen hombre. No cometiste ningún crimen. Sos, aún, un buen hombre..."

El camionero entró rápidamente al local, dejo su camión abierto apenas apartado de la puerta como para no interrumpir el paso pero sin siquiera buscar una sombra. Esperó parado en la entrada a que los ojos, cegados por la luz, pudieran distinguir alguna forma y al vislumbrarlo a él, sentado en la mesa de la ventana, se dio la vuelta para ubicarse en el extremo contrario, lo más alejado posible.

Masticando con placer el segundo grisín, Emilio cabeceó a manera de saludo. El camionero lo miró fijo como advirtiéndole que había visto su saludo y no le contestó. Quizás por el recuerdo de su vida pasada –¡ah, cuanto placer le daba llamar vida pasada a eso que eran sus únicas posibilidades hasta hace apenas tres horas atrás!– tenía cierta debilidad por los camioneros, los había cruzado tantas veces en el camino, había conseguido tantos favores de ellos, que al ver a este pensó que estaba en presencia de alguno de los tantos otros. Pero no, este no parecía igual.

Su milanesa llegó y la engulló con toda la prisa que su hambre demandaba sin sacarle de encima los ojos a ese hombre que le había herido su pequeña vena sociable. No le importaba su amistad ni su posible charla circunstancial ni sus previsibles e infaltables historias de ruta, simplemente no podía soportar su indiferencia. Así era él: no quería ser importante para nadie pero tampoco resultar indiferente. Por eso, terminado su almuerzo, decidió acercársele.

Mientras lo hacía, recordó sus planes y sus dudas y apareció la posibilidad de que ese tipo fuera un nuevo freno. Tal vez venía seguido al pueblo o tal vez fuera de ahí mismo y se sacaba las etiquetas para andar por la ruta. Pero no podría ser camionero si al dormir olvidaba su destino. ¿Y si el olvido era sólo una cuestión geográfica y al salir del lugar la memoria regresaba? Casi se cae seco del susto al pensar estas cosas. Y el miedo fue tal que no paró frente al hombre, siguió de largo hacia al baño sin decir palabra.

Ya al cruzar la puerta comenzó a sentirse tonto. ¿Cómo se cumplirían sus sueños, la vida lujuriosa que se merecía si tenía tantos miedos? Se paró frente al espejo, ensayó una cara adecuada para un inocente y cuando más o menos le pareció tenerla, volvió al salón.

Esta vez sí se detuvo, de pie frente a su mesa pero sin decir ni una palabra. El hombre lo ignoró tanto que Emilio se sintió en la obligación de ser cordial.

- Hola. Buenas tardes. ¿De dónde viene?

Sin levantar la vista del plato, el otro le contestó:

- Y a usted qué le importa.

Definitivamente no tenía ganas de hablar. El que no fuera sociable era una ventaja pero tenía que conseguir algún dato más serio que su mal humor para cerciorarse de que ese intratable no le resultara a la larga un testigo delator.

- No, no es que me importe y no quise molestarlo con la pregunta, sólo que... –y no supo como continuar porque sólo le salía la verdad. Pero no hizo falta tampoco, el camionero levantó los ojos, después la cabeza toda y con rispidez sobreactuada le espetó:

- Usted no es de acá, ¿no? –y le miraba el pecho con insistencia, a un lado y al otro buscando, sin duda, la etiqueta.

Emilio sintió que el piso se hundía y el techo se le abalanzaba sobre su oprimido pellejo. No, no era de ese pueblo, estaba al descubierto, desnudo y atrapado en pleno vuelo entre los cables de la luz.

- Estoy comiendo –continuó el hombretón- Una vez al mes paso, entro, nadie me habla. ¿Entendió?

Y no, la verdad que no le quedaba muy claro. No por el lenguaje inconexo sino porque necesitaba más certezas. Decidió insistir aún al costo de recibir alguna trompada de ese huraño.

- Discúlpeme. Ya le dije, mi intención no es molestarlo. Sólo quería saber si usted podía... indicarme cuál es la casa de Gladys, la bordadora.

Ahí estaba su mente para no dejarle perder la partida. Si el hombre era del pueblo conocería la casa de Gladys, la bordadora de lentes con alas.

El tipo, que había vuelto a su almuerzo, puso los cubiertos de punta, se tiró hacia atrás en la silla y con la cara desencajada por el esfuerzo de estar evitando un rugido, le contestó con un tono desértico que hacía imposible alguna repregunta:

- A ver si me entiende: NO conozco a ninguna Gladys. NO soy de este pueblo. NO me interesa conocer a NADIE en este pueblo y NO quiero charlas. ¿Claro?

Clarísimo, ahora sí. Sólo le faltó decir adiós y volver a su mesa para observar al bruto en silencio. Lo vio terminar su minuta, pedir un café –que bebió amargo y de un sólo trago– pagar y salir como disparado de vuelta a su camión, sin agregar una palabra, como si estuviera solo en un mundo vacío.

Esa actitud ermitaña era un completo alivio para él. No tendría que preocuparse. Recostado en su seguridad, giró la cabeza hacia el mozo que venía a levantarle la mesa y le confirmó: Todo bien. Y dando algunos golpecitos rápidos con los puños sobre la mesa agregó: muy bien.

El hombre resopló como única respuesta, levantó su plato vacío y le preguntó si quería algún postre.

- Bueno, un queso y dulce. Porqué no. Después un cafecito y me voy para casa de Gladys, la bordadora, a buscar mis etiquetas.
- Ya. Cuando las tenga va poder moverse por el pueblo como si fuera uno de nosotros –dijo sin sonreír– Y venga a comer acá. Con esas etiquetas puestas no le cobro nada.
- Eso me lo dice hoy, mañana me va a querer cobrar.

Se oyó decir esto sorprendido de su serenidad e ironía. Lo estaba controlando ya, el miedo iba moderándose de a poco.

El hombre lo miró con cara de preocuparse poco de nada y se alejó diciendo:

- Es un riesgo, es cierto. Por ahí tiene que pagar...

Emilio sonrió satisfecho. Comenzaba una nueva era: el dinero, de ahora en más, no iba a ser una ausencia.

V

Salió del bar con la satisfacción acampando en su cara pero el sol duro le arrancó el gesto de un latigazo.

- ¡Qué asco de calor! –pensó– algo malo tenía que tener el paraíso.

Cerró un ojo para no quedar enceguecido y miró con el otro buscando un camino en la sombra, si es que lo había. O el sol caía desde varios lados al mismo tiempo o las calles eran demasiado anchas porque ni pegado a las paredes de las casas había forma de evitar la inclemencia de los rayos. Enfilaba hacia la pared más cercana, saltando como si evitara la lluvia, cuando una mano, que debería pesar varias toneladas, se apostó en su hombro. Era la derecha del Intendente, más empapado que antes aunque la ropa no fuera la misma. El aire sólo le alcanzó para decirle con firmeza: "Acompáñeme a mi casa. Es por acá. Cerca. Muy cerca."

Otra vez la sensación de pecado lo embriagó. ¿Ese sudoroso hombre adivinó sus intenciones? ¿Cómo lo habría hecho? No, no podía ser, no tenía lógica, no. Tal vez era otra cosa, algo secreto sin duda, algo que necesitara ser tratado en privado lejos de la vista de los otros. Quizás un trato extra, una atención especial, algo relacionado con lo legal, con los fondos oficiales del pueblo... Pero, ¿y si era al revés? ¿Si el funcionario era el único con memoria y estaba a punto de proponerle un pacto? ¿Sería un cincuenta por ciento para cada uno? Y si tenía memoria: ¿para qué lo necesitaba a él? Y lo peor –ya entrando en el fatalismo total– ¿lo estaría llevando a un lugar apartado para matarlo, solo porque podía hacerlo sin consecuencias?

Después de este último pensamiento, se plantó ahí mismo donde estaba y con cara de espanto miró la nuca mojada alejarse un poco. Su dueño, notando que las otras pisadas se habían interrumpido, giró y casi sin detenerse le gritó: "Vamos hombre, que este sol derrite hasta las piedras." Estirando un brazo hacia él como queriendo arrastrarlo pero sin tocarlo, comenzó a apurar el paso nuevamente. Emilio lo siguió. En el estado calamitoso en que se veía el funcionario era prácticamente imposible que intentara -y lograra- algo violento.

Dos cuadras más y llegaron a la casa municipal. El Intendente no parecía tener casa propia sino que usaba para él el primer piso de la oficina al que se llegaba desde una escalera muy estrecha casi escondida a un costado del edificio.

La escalera estaba en la sombra así que al poner una mano en la baranda el hombre regordete, casi exhausto, aflojó el cuerpo y respiró profundo antes de seguir. Emilio se paró a su lado y esperó a que el otro dejara de resollar. Las oficinas estaban abiertas, un hombrecito miraba por la ventana y otro, sentado en un banco en el quicio de la puerta, dormitaba con la cabeza hacia abajo y los brazos cruzados sobre su barriga prominente.

Una vez recobrado el aliento, los dos hombres subieron hasta la casa del mandatario.

- Espero no incomodarlo con esto que tengo para darle. Usted no lo tomará a mal, mire.

- No, bueno, no se preocupe. No será para tanto...

Ahora ambos estaban empapados en sudor aunque por razones diferentes.

- Pase, amigo, es por acá. ¿Puedo llamarlo amigo, no?
- Sí, claro. Por lo menos hoy sí. Mañana no podrá decir lo mismo.

Deseó que esas palabras no estuvieran saliendo de su boca. Se había vuelto monotemático con los chistes. Pero ya era tarde y la ironía ajada flameaba sobre ellos. Parecía un niño al que obligan a guardar un secreto y en cualquier vuelta de la conversación lo dejara escapar. Una estrepitosa risotada le hizo dar un respingo.

- No se crea, quién sabe, tal vez ese sea mi tic y lo repita sin darme cuenta... Si lo piensa, son formas de hablar que sobreviven a cualquier cosa: la educación, las convenciones, el olvido, hasta a uno mismo, mire...

Y la risotada volvió a estallar.

- Usted podría hacerse rico con nosotros, vea. Es el campo de experimentación más puro y enorme que pueda encontrar para elaborar algunas tesis. Fíjese, por ejemplo, esto que le digo: Tesis, dos puntos, "Las formas que sobreviven al olvido". ¿Qué me dice?

¿Era broma, sondeo o tontería? Tal vez el hombre había recogido el guante y estaba jugando con la ironía también. "Hacerse rico con nosotros", si supiera que casualidad...

Hacía un rato que estaban en la casa pero los restos del sol en los ojos no le dejaban distinguir gran cosa. Emilio esperaba junto a la puerta, intuyendo los movimientos de esa voz que parecía alejarse y acercarse mientras le disparaba palabras.

- Acá los tengo. Creo que son de su talle.

La masa oscura de la que empezaban a surgir los detalles del funcionario le ofrecía algo semejante a una bandera acunada entre los brazos. Era toda una ceremonia cuasi oficial, que lo tenía a él como único público. Todo eso, solamente para regalarle dos pantalones: uno de vestir y otro de andar por casa, nuevos y sin arrugas.

- Creo que no trajo mucha ropa, ¿no? No vi que tuviera una gran valija, usted perdone la observación. Cuando lo vi salir del restaurante me acorde que esta mañana Gladys me dio estos pantalones. Por error seguramente, a mí no me quedan. Y no quise mortificarla, ella es tan... atenta. Tampoco podía dejar este asunto pendiente... usted sabe.

La cara de Emilio debe haber dibujado algún gesto de no saber, porque una nueva risotada llenó el lugar y el hombre profundizó con gusto la explicación.

- Será uno de esos tics que le decía. Es que voy liquidando asuntos en el día, como cerrando puertas, dejando las cosas en orden. Tengo esa clara misión desde que desperté: terminar las cosas, darle un punto y aparte. Y los pantalones... –su explicación empezó a hacerse más lenta, como si alguna otra cosa compartiera sus pensamientos– Los pantalones no son míos, así que debía encontrarles dueño –Y después de una pausa, redondeó– ¿No cree?

- Sí, sí. Usted dice bien.

Emilio tomó en ese instante la brillante determinación de no contradecir a nadie en ese pueblo. No por gentileza sino por comodidad. Aceptar, consentir incondicionalmente implicaba no tener que pensar, ni esforzarse en tomar una posición y mucho menos aún, tomarse el trabajo de conciliarla o defenderla. Pero aunque sólo él lo notara, ciertos vicios de coherencia tal vez lo acompañarían por algún tiempo.

- Muchas gracias. Me vienen muy bien.
- Perfecto –replicó el Intendente con alegría– Ahora paso a otra cosa –y temiendo ofender a Emilio con la prisa agregó como disculpa– Usted entiende, soy el Intendente y hay muchos temas pendientes por resolver.
- Sí, claro. Lo dejo ahora. Hasta luego
- ¿Va usted a la fiesta verdad? –le dijo en cuanto Emilio amagó la retirada- Será una gran noche y quién sabe, quizás encuentre esposa –Y una nueva risotada estallo como una fuerte onda expansiva– Claro, si le gustan las mujeres con... ¿cómo diría?... pasado inconfesable.
- Tal vez, tal vez. El mundo empieza hoy.
- Esta mañana –dijo el Intendente con melancolía– empezó esta mañana y termina esta noche. Bueno –agregó saliendo de la sensación como de una niebla– lo dejo y

nos vemos esta noche. Recuerde pasar por casa de Gladys a que le pegue sus etiquetas. Y no le diga nada de estos. No quiero mortificarla.

- Parece ocuparse mucho de Gladys, ¿no? –El Intendente se sobresaltó, no esperaba una pregunta tan directa. Guardó silencio un momento mirándolo fijamente y al fin agregó en tono mecánico:
- No lo sé. Lo sabrá usted mañana mejor que yo. No hace tanto que la conozco, usted me entiende. Además, soy hombre casado. Bueno, ahora si me disculpa...

Lo acompañó tomándolo del hombro hasta la puerta, lo vio bajar las escaleras y desde arriba, en tono de campaña electoral remarcó: "Hasta la noche. Que pase una tarde feliz"

VI

Quizás fue el calor sumado a la desidia lo que lo impulsó a Emilio a entrar en la Municipalidad al pasar frente a su puerta. El hombre sentado en el banquito de la entrada no interrumpió su siesta para preguntarle a dónde iba; en cambio, el de la ventana, abandonó su sitio para atenderlo presuroso.

- Buenas tardes –dijo como deletreando mientras buscaba inútilmente la etiqueta en el saco de Emilio– ¿En qué podemos ayudarlo?
- Buenas. Estoy buscando a una persona, a mi hermano... Roberto. ¿Podría decirme usted donde vive? Sé que se mudó por la zona hace unos años pero no recuerdo exactamente a dónde. Tal vez figure en sus registros –le dijo sin dar lugar a dudas sobre la existencia de tales recordatorios burocráticos.

Algo tendrían que tener sino ¿para qué existía la municipalidad? En la reunión de la mañana le habían mencionado que dejaban constancia de algunas cosas y para no dejar cabos sueltos era bueno que les echara un vistazo.

- Sí –carraspeó varias veces el empleado antes de seguir– creo que podemos ayudarlo. Pero en verdad, espero que no.
- ¿Cómo dice?

- Es que nuestros registros son muy... cómo diríamos... sintéticos: sólo anotamos nacimientos y defunciones. Antes, –y volvió a carraspear un par de veces– en una época anotábamos otros eventos importantes para todo ciudadano: casamientos, comuniones, títulos de propiedad, etc. Pero sucedían cosas... cómo diríamos... peculiares.

El hombre se acercó un poco más al mostrador haciendo un gesto a su oyente para que lo imitara. Al hacerlo, Emilio notó su olor. Despedía un intenso aroma a lavanda, incluso mucho más fuerte que el de una gran plantación. El fragante empleado continuó con tono quedo, como si estuviera a punto de confesar un gran secreto.

- Cosas extrañas, sí. Encontramos –al parecer el hombre tenía tendencia a hablar en plural– demasiadas de unas cosas y muy pocas de otras. Algunos parecían aficionados a las primeras comuniones, otros a los casamientos, otros... Bueno, usted me entiende.

Emilio no aguantó más, aquello comenzaba a ser hedor, y echó su cuerpo hacia atrás disfrazando la verdadera causa tras la sorpresa de la confesión. Ya firme y alejado, retrucó:

- Pero hombre, me sorprende, ¿para qué otra cosa sirven los registros? Si alguien ya ha tomado su primera comunión, ahí está la constancia y no podría volver a tomarla ¿no?

El hombre frunció el ceño, lo miró fijo y otra vez en posición horizontal, casi deletreando le preguntó:

- ¿Usted no es de aquí, no? –y sin esperar respuesta continuó– Sepa usted que además del portero, ese que duerme ahí en la entrada, y del Intendente, que atiende problemas más urgentes, soy acá el único empleado. Vea, ahí está la prueba.

Con un pequeño dedo regordete le señaló una fotografía colgada en la pared donde tres hombres, que sin duda eran ellos mismos pero treinta años más jóvenes, sonreían eternizados en sus funciones. El Intendente en traje y corbata de pie en mitad del pasillo, justo donde ahora estaba Emilio; el hombre de la puerta apostado firme junto a ella y él, el empleado, del otro lado del mostrador. Igual que ahora.

- Y con eso me quiere decir que... –dijo Emilio tratando de que el otro terminara la frase .
- Que... –respondió el empleado con expresión de desconcierto. Indudablemente no sabía cómo seguir así que dejó pasar un tiempo y remató su contestación con un absurdo– Que... Eso.
- ¿Eso, qué?

La charla empezaba a perderse en una niebla espesa. Con el tiempo, esa bruma de silencio iba a serle muy familiar: ella tomaba el lugar que deberían ocupar los recuerdos. Todos los habitantes del pueblo, tranquilos y sin angustia, sumergían sus conversaciones en ella. Desconocían el hábito de evocar, de buscar antecedentes o experiencias y era tan natural su no-pasado que ni siquiera lo percibían como un lugar vacío. En cuanto rozaban los confines de sus presentes, aparecía la niebla como el silencio en la música, inscripto en el pentagrama como una nota más.

- Bueno. Ya entiendo. Ahora entiendo –dijo Emilio como una concesión al empleado– Lo dejo entonces. No lo molesto más.
- ¿Y su hermano? Le recomiendo dar una vuelta por ahí –el hombre agotaba toda la responsabilidad que su condición le permitía: hoy todo tendría un principio, un desarrollo y un final. Mañana, vuelta a foja cero.
- Sí, está bien, no se preocupe. Me doy una vuelta, él es... carpintero, así que si está en este pueblo, que no es seguro, me voy a dar cuenta, ¿no?

Emilio reinaba ya plenamente en la nueva situación, o por lo menos, en la parte que de ella había en esa conversación. El municipal, en cambio, estaba en el momento justo en que debía decidir entre "ser municipal" o "estar en el limbo". Aparentemente la seguridad en la cara de Emilio lo ayudó a elegir lo último así que, bajando la vista primero y dándole la espalda después, dejó a su interlocutor lejos de su atención.

Emilio, dueño de una nueva conquista, salió a la vereda brillante y calurosa con todo ese ancho cielo tan azul sobre su cabeza.

VII

La tarde se estaba poniendo larga. Tenía que encontrar algo que hacer, una acción inmediata que serenara su incipiente aburrimiento. Deambulando despacio, se repetía casi como un mantra religioso: "Mi primera tarde de mi nueva vida. ¡Vivir del aire! Mi nueva y estupenda vida". Nunca se había sentido más a gusto.

En esas circunstancias, lo único que tendría para hacer era evitar estar aburrido. A ver: el sol no daba tiempo para respirar, el almuerzo ya no ocupaba espacio en el estómago... ¿Quién podría abastecerlo con una merienda fresca y dulce? Sin duda, la respuesta era Gladys.

Emilio imaginó la situación: ella padecería el calor con la misma intensidad que el Intendente López. Pero a diferencia de él, que no le importaban nada las manchas de humedad que emergían en su ropa, ella intentaría ocultarlas muy pudorosamente. En su casa reinarían los líquidos helados en jarras transpiradas y tintineantes por el golpeteo de los cubitos de hielo contra el vidrio. Y algún budín, torta o galletitas de maicena completaría una merienda perfecta.

Golpeó la puerta de la mujer con decisión y prisa, el sol ya no achicharraba pero un rato bajo su yugo podría deshidratar al más guapo. Por suerte ella abrió muy rápido, conmovida o aburrida también, quién sabe. Nada más verla asomar por la ventanita le gritó "Quería hacerle unas preguntas, ¿puede recibirme ahora?"

En dos segundos estaba en la penumbra de un cuarto, protegido por las persianas entrecerradas, esperando un té helado con pan y dulce de membrillo caseros.

Intentaba imaginar los detalles de esa sala con los ojos ennegrecidos por el sol, cuando el tintineo de los hielos sobre el cristal le dibujaron una sonrisa. Después de todo –se afirmó en silencio- es bueno a veces que las sorpresas sean tal cual como fueron imaginadas.

Probaba reproducir mentalmente esa estancia antes de que sus ojos dieran paso a la realidad. Sin duda sería un lugar kistch, lleno de colores brillantes -como la cara y la ropa de Gladys-, tal vez con muchas figuras de animales repetidas hasta el infinito por la compulsión a la colección, con sillones aterciopelados y flores ostentosas en las cortinas. Y gatos verdaderos, seguro habría dos o tres, gordos, arrellanados estratégicamente en los muebles. Sería un lugar alegre, en constante renovación bajo la presión de una máquina de coser siempre enhebrada y una mujer sin otra cosa más importante que hacer. Si llegaban revistas de moda y decoración al pueblo, seguro habría toneladas de ellas en armarios, canastas y cajones.

Poco a poco los ojos se le fueron acostumbrando a la opacidad de ese raro universo y empezaría entonces a fichar los objetos de valor que podría llevarse en su huida final. Pero, para contrariar a su malintencionada imaginación, nada de lo que había supuesto estaba ahí. Toda la casa era de una sobriedad extrema, con muebles y accesorios encuadrados en toda la gama de marrones posibles. Tenía, como únicos adornos, fotografías sepias en portarretratos de fino marco de madera también oscura. En todas ellas se repetía la presencia de una niña de unos cuatro o cinco años, con la ropa desarreglada, el pelo que apenas le llegaba a los hombros, sujeto con dos hebillas a los lados, la mirada seria, el ceño un poco fruncido y la boca pequeña, casi sin labios, apenas dibujada. En algunas fotos había más niños con ella -ninguno sonriendo- y en otras, una mujer que debería ser la madre. La mayoría habían sido tomadas al aire libre –parecía ser un paisaje similar al de las cercanías del pueblo– y apenas había dos en los interiores de una casa que tal vez fuera esa misma en la que él estaba ahora sentado. Las fotografías ocupaban las cuatro paredes de la sala y había algunas más sobre los aparadores. Llamó su atención especialmente una de ellas, donde un grupo de varones de unos diez años posaban divertidos –aunque con toda la seriedad que demandaban antiguamente esas escasas sesiones fotográficas– en medio de un patio de tierra. A un costado, separada del grupo y casi saliendo del encuadre, estaba la misma niña, mirando fijo a la cámara, con cara de silencio. En sus ojos parecían que se acumulaban, sin encontrarse, todas las respuestas y todas las preguntas.

Abandonó por un momento la observación puntillosa de los adornos para pasar la vista otra vez por el lugar. Era un living-comedor de techos altos, invadido por un enorme aparador con la vajilla a la vista detrás de sus puertas transparentes, un mueble bajo con cajones grandes y mesada de mármol, una mesa oscura de aspecto resistente con algunas sillas de un ocre gastado, un espejo con marco de cedro, una araña pequeña colgando del techo –un círculo con tres bombillas dentro con una hilera de cristales alargados a su alrededor–, unas persianas altas de dos hojas con pequeñas maderitas, ocultas detrás de unas cortinas de un crema muy claro y un par de sillones individuales.

Y en el centro de todo, la máquina de coser. Eso era lo único que parecía tener algún valor material.

Pero decididamente, no andaría juntando trastos cuando se fuera del pueblo: sólo se llevaría todo el impersonal y frío efectivo que pudiera encontrar.

Gladys llevaba puesto un vestido suelto con estampado de flores, unas sandalias de andar por casa y sus anteojos con alas de cisne como único toque de desubicada sofisticación. Así la vio entrar a la sala, con la bandeja repleta de comida, bebidas, servilletas, mantelitos individuales y cubiertos. Sonreía apenas y tenía aspecto despreocupado.

Emilio la esperaba de pie a un lado de la puerta que comunicaba con la cocina mientras daba una segunda mirada a la foto de la niña con los muchachos, e intentando ser cordial, dijo:

- Linda nena. Es muy linda, con esa seriedad tan poco infantil en la cara, la mirada... –y sin pensarlo, continuó– ¿Es usted?

La mujer iba a darle una respuesta rápida, como mecánica, que no alteraría la expresión de su rostro, pero cayó en la cuenta de quién le hacía la pregunta. Entonces su gesto cambió, hizo una mueca frunciendo el ceño y apretando los labios, lo miró un momento antes de contestar. Luego, mientras dejaba una a una las cosas de su bandeja sobre la mesa pequeña frente a los sillones, respondió:

- No lo sé. Me gusta pensar que sí, que así era. Pero bueno, quién sabe.

Por alguna razón la cara de Gladys se sumergió, sólo por unos momentos, en un pozo oscuro. Había terminado ya de servir las bebidas y estaban sentados en los sillones individuales uno frente al otro, cuando después del primer trago de té helado, la bruma en los ojos de la mujer se disipó. Durante hora y media timoneó, con energía renovada, una conversación en donde desfilaron el sol mañanero sobre el arroyo, los calores de la siesta, la música ligera que salía por una radio olvidada en un rincón, el fresco renovador de la tarde, el sonido de los nombres (Gladys suena a flor, Marcelo suena a deseo, etc., etc.), los carteles de la fiesta nocturna y la ansiedad por asistir. Apenas un minuto después de agotados el té, los dulces y la charla, Emilio se despidió de ella blandiendo con falso agradecimiento sus camisas etiquetadas.

Se fue pensando que en otras circunstancias ella sería la persona indicada para contarle quién era quién en ese pueblo. Y seguro lo hubiera hecho de tal manera que no hubiera parecido una simple chismosa: en todos sus relatos habría un misterio por descubrir, algún matiz escondido que no se podría contar y que encerraría el verdadero sentido de las historias. Sabría hacerlo con la perturbadora seriedad de la niña de las fotografías que, tal vez, continuaba ahora invisible sobreviviendo en las profundidades de esta insustancial señora Gladys.

VIII

Comenzaba a caer el sol. Después de un día de constante lucha para evitar el acoso de sus rayos, su languidez era liberadora.

Emilio volvió a la casa que le habían asignado con el paquete de camisas membretadas por Gladys más los dos pantalones que le cedió López. La cosa ya se vislumbraba promisoria: tenía casa, ropa y comida absolutamente gratis. Sin el más mínimo esfuerzo. Fácil.

- Tenga cuidado –había dicho el Intendente sudoroso– En el bolsillo de uno de los pantalones está la llave de la casa, aunque, bueno, costó encontrarla porque aquí nadie usa de esas cosas. Hicimos arreglos, espero encuentre todo en orden y de su agrado.

Y la casa había cambiado, claro que sí. Lo que antes dormía cubierto por una capa de polvo igualadora, ahora mostraba sus brillos y colores casi como si fueran objetos nuevos. Lo sorprendente es que la decisión de dar al lugar un aspecto habitable había ido más allá de lo meramente rutinario. Detalles de uso se mezclaban con el orden frío dado por cualquier profesional de la limpieza: un libro sobre la mesa pequeña no alineado con ninguno de los bordes, dos sillas de la cocina sobresaliendo desparejas de la mesa, un abrigo grueso, nada propio para esas épocas, y un saco sport sobre el respaldo de los sillones.

Hubiera dudado de que la casa fuera la misma sino hubiese entrado con la llave y si ese sobre blanco con su nombre –Marcelo- no destacara frente al florero de flores amarillas.

Sin duda, esto era obra de una mujer. Una mujer que había transformado un hueco tenebroso de rastros ajenos en un hogar nuevo para un nuevo hombre. Así se sentía, así debía ser: un hombre nuevo al que la vida daba otra, mejor y muy merecida (según él) oportunidad. Mientras estuviera allí iba a disfrutarlo todo mucho: ¿de qué otra forma se recibe al bienestar económico permanente?

El sobre tenía una nota breve. Decía que alguien llamado Alicia esperaba que él encontrara los arreglos que había hecho en esta, su casa (así decía: "esta, su casa") de buen gusto y utilidad. Que en la heladera encontraría un poco de comida casera y en las alacenas algunas reservas. Sábanas limpias en la cama y más en el ropero junto con las toallas y toallones. No mencionaba el detalle del pijama, las medias y los calzoncillos que lo esperaban sobre la cama; tal vez fuera por pudor. Se despedía amablemente y firmaba con todas las letras de su nombre, Alicia, y ninguna de su apellido.

No sabía quién era aún si hubiera tenido la más mínima intención de buscarla. No era buena idea simpatizar con alguien de ese pueblo: no tendría mucho respeto por la ley pero tampoco era un ser insensible. Sonrió satisfecho por su falsa moral. Levantó la vista, miró un poco alrededor y sonrió más. Se dijo "No te entusiasmes que no vas a quedarte. Esto no es para siempre" y uno de los lados de la boca se hundió. "Claro que no es para siempre. Este pueblucho es sólo el trampolín. La verdadera buena vida va a llegar cuando me vaya a Buenos Aires con la plata de todos estos". La comisura de los labios se volvió a izar y estalló una risa cuando se aseguró: ¡Vas a ser un jeque árabe!

Engrandecido por la obscena idea de su conquista de un futuro mejor, se cambió el pantalón percudido que llevaba puesto por uno de los nuevos, dejó la camisa y el saco de codos abrillantados y como todavía era temprano para ir a la plaza, miró a su alrededor y decidió hacerse unos mates .

Tomar mate en silencio nunca es una buena idea: con la boca en la bombilla, el líquido tibio subiendo por ella y los ojos sueltos en algo, el silencio pasa a ser soledad o recuerdos enmarañados.

"Me falta una radio", se confirmó. "O una mina. ¡Ja! Una radio y una mina".

La imagen del intendente López recomendándole la fiesta donde "quizás encuentre esposa" lo hizo sonreír nuevamente. "La patrona, los pibes. Mi familia", se confió a sí mismo en un simulacro de presentación en público. Pero él no era para eso, lo sabía hacía tiempo. No es que no tuviera sus cosas de vez en cuando, cada tanto en algunos pueblos, pero es que tarde o temprano se le agotaba el entusiasmo y le resurgían las ganas de andar lejos, de ser nadie.

"Cuidado Emilio/Marcelo, mira que todo esto es muy raro, está todo al revés, no vaya a ser que..." No se terminó la frase, los mates le despertaron necesidades muy mundanas que era urgente atender.

IX

Cuando volvió a la cocina la noche era más que una insinuación. Habría que ir pensando sin prisa en la cena, gratis por supuesto. ¿Volvería al bar? Podría buscar a López e invitarlo a comer y beber para festejar –aunque su partener no lo supiera– esa noche de gloria en la cual había renacido en Marcelo. Pensando con toda la lentitud que el caso le permitía, se recostó en la cama unos minutos para cavilar sobre el asunto, en camiseta todavía, con los brazos tras la nuca. En qué momento entró en el sueño es imposible saberlo. Y encima cayó de lleno en una pesadilla. Estaba en medio de la plaza del pueblo, que como aún no la conocía bien sería la de algún otro pueblo o de varios rearmada como un collage infantil, con un clima opresor sobre su ánimo. El cielo era inmenso, de un gris plomo brillante, y el calor hacía que empapara su ropa. Había un silencio total que pesaba en sus oídos. De repente, de uno de los vértices de la plaza, llegaba un viento seco tan consistente que podía verlo llegar. El ambiente entonces cambiaba abruptamente: él estaba vestido con ropas gruesas y secas y un atardecer morado se dibujaba en uno de los costados del cielo enorme. En un pestañear, la plaza estaba llena de gente de fiesta, con música, adornos y miles de conversaciones abiertas. Él estaba en mitad de todo buscando a cual conversación sumarse. Los señores fumando, las señoras con sus muchas charlas simultáneas, los jóvenes en movimiento constante, los grupos variados que intercambiaban miradas sensuales entre sí. De repente, sintió que debía –sí, debía– acercarse a uno de estos grupos donde tres mujeres coqueteaban con dos hombres como de su misma edad. Pero al dar el primer paso fue como si hubiera golpeado la superficie de un lago: todos dejaron de hacer lo que estaban haciendo y lo miraron con sorpresa y desconfianza. Cuando adelantó su segundo pie, un brazo poderoso, por detrás, comenzó a apretarle el cuello.

Se despertó sobresaltado, le faltaba el aire y temió por un momento que de su garganta no pudiera volver a salir palabra. Completamente a oscuras se oían a lo lejos, como única referencia a lo real, los sonidos de una banda afinando. No tocaban ninguna canción en especial, sólo acordes y notas para establecer una alianza sobre el idioma en que hablar.

Amodorrado, disfrutaba del antes inapreciado placer de respirar mientras que espaciadas olas de imágenes fueron apareciendo en su cabeza. Repasaba con lentitud partes del pueblo, algunas de las personas que había conocido en esas pocas horas, el bar áspero y proveedor, los postigos cerrados para repeler el sol abrumador, los techos, las paredes, las veredas, el cartel viejo y nuevo de "Fiesta esta noche". Sí, fiesta esta noche que era todas las noches y ese estímulo lo sacó de la cama con una prisa desmesurada.

Cumplía cada uno de los preparativos con una sonrisa ladeada. Estaba contento, por qué no: desde hacía un tiempo demasiado largo que esa sensación festiva no lo embriagaba; no recordaba haber ido a festejos en años. Sólo a veces se daba una vuelta por alguna feria de pueblo cuando se topaba con ellas en un viaje y no tenía encima el cansancio y la desidia que lo acompañaban la mayor parte del tiempo. Esas veces iba como un extraño, como un visitante invisible; ahora, Marcelo-Emilio era tan protagonista y tan desconocido como todos los demás.

Con una mirada bien intencionada, podría definirse como un caso único de pertenencia instantánea.

Preparó sus cosas, se afeitó, se puso colonia, se peinó con fijador y practicó caras frente el espejo un largo rato. Después eligió lo mejor de entre sus nuevas ropas cuidando de que la etiqueta fuera bien visible. Estaba listo y ansioso. Buena señal.

Su casa quedaba a una cuadra de la plaza pero no fue el primero en llegar. Ya había mucha gente y la banda tocaba canciones muy viejas en un ritmo animado. La mayoría bailaba, el resto conversaba con un vaso en la mano y la expresión relajada.

¿Pero de qué pueden estar hablando estas gentes? Si apenas se conocen… -pensó Emilio mientras buscaba con la vista a alguno de sus conocidos– Indudablemente, no hace falta tener mucha historia en común para compartir un buen momento. "Como si no lo supieras Emilio –se reprochó– toda una vida en ausente contacto y ¿ahora te causa sorpresa? ¿No me irá a salir rana este Marcelo, no?"

Disfrutaba de su monólogo, cuando a cierta distancia, divisó a la señora Gladys en una rueda con otras cinco mujeres de diferentes edades. Un poco más atrás, el Intendente y sus empleados bebían animadamente. Los veinteañeros, el dueño del bar y su empleado no estaban a la vista. Y ya no reparó en nadie más porque a ellos se resumía su círculo de conocidos.

Buscó para él un vaso de vino tinto en la mesa común de las bebidas. Había otra con platos fríos y una más con postres, además de dos parrillas donde se asaban chorizos y hamburguesas a pedido. Por ahora, sólo probaría el vino como para romper el hielo porque inexplicablemente estaba nervioso.

Se giró de nuevo hacia la gente justo en el momento en que una joven mujer se separaba del grupo de Gladys para pasarse al del Intendente, del que se tomó del brazo cariñosamente. Él se dio vuelta un momento hacia ella para intercambiar miradas tiernas y luego volvió, con la joven aún sujeta de su brazo, a enfrascarse en su conversación masculina.

Emilio, acalorado por la novedad pero entrenado para la caza de compañera circunstancial, no pudo sacarle ya la vista de encima. No es que fuera demasiado bonita ni llamativa, una chica normal, pasados apenas los treinta años, de pelo castaño, largo y suelto, con ojos inteligentes y sonrisa brillante. Era un poco más alta que la media sin sobresalir del grupo y su cuerpo era armónico, ni muy grueso ni demasiado fino. Tal vez lo inigualable en ella era su presencia vivaz: sus movimientos y gestos suaves daban la impresión de que todo estaba en orden. Sensual a su serena manera, con sus ojos y su boca como tentáculos. No tenía el tipo de sus conquistas habituales pero no era este tampoco uno de sus días comunes. Tal vez este nuevo papel de recordador empezaba a afectarlo.

Él sonrió y siguió observándola hasta que la mirada de ella se detuvo también en Emilio. Ante la insistencia, la observada cruzó unas palabras con el Intendente que incluyó un leve cabeceo hacia él como investigando discretamente por su identidad, y ante la respuesta del hombre ella se animó a sonreírle plenamente. Y siguieron sonriéndose un momento largo hasta que la mujer abandono el brazo de López para dirigirse hacia él.

En el momento en que la vio acercarse sintió ese nerviosismo adolescente que hacía rato había perdido. Se quedó viéndola llegar aferrado a su vaso –su inquietante marcha cadenciosa hacia él– y cuando la tuvo cerca hizo lo que todo el mundo en ese lugar: sacó la vista de sus caderas para fijarla en su etiqueta.

- Alicia –leyó en voz alta.
- Marcelo –respondió ella repitiendo su acción.
- Gracias por arreglar mi casa. Fue... fuiste vos, ¿no?
- Sí. Estaba muy abandonada, creo que hice un buen trabajo, ¿no? –respondió ella con ojos pícaros, estallando en una risa contagiosa.
- Excelente –contestó Emilio y decidió en ese momento que querría hablar con ella el resto de la noche.

Eso hizo: acaparó su atención todo el tiempo que le fue posible hasta que el Intendente se acercó a ellos para arrebatársela. Emilio vio cuando López dejaba su grupo (se había paseado por todos los que se fueron armando) y encaraba hacia ellos. No le dio tiempo a mucho y él todavía no tenía el apremio necesario como para pensar alternativas, así que aceptó la despedida sin demasiado dolor.

Tendrían que pasar algunas noches más para que pudiera entender ese cambio que había intuido en sí mismo y poder aceptar, resignado, la prepotencia del amor que lo impulsaba a no alejarse de ella.

X

En los días siguientes, Emilio disfrutó abusivamente de su nueva condición de mantenido. Su trabajo de historiador había acabado para siempre la primera noche ya que nadie estaba en condiciones de pedirle resultados. Desde el momento en que puso las etiquetas en su ropa no tuvo problemas para ser uno más del pueblo. Las reglas eran sencillas: antes de hablar unos con otros, una rápida mirada a la etiqueta les decía todo lo que necesitaban saber de esa persona. Así era su unión y eso los dejaba conformes. Ninguno sabía que cada nueva mañana quedaba inscripta en una larga sucesión de días a veces iguales, a veces diferentes. Cada uno de ellos, huérfano de historia, no hacía preguntas porque ni siquiera sospechaba que habría respuestas.

Pero había un matiz en ese limbo que Emilio fue notando con el tiempo: tenían una especie de saber innato sobre cosas prácticas, como los trabajos o los roles de una comunidad, pero solo recordaban quién era el individuo encargado de desarrollar esas tareas gracias a las etiquetas. Era el lugar físico en donde se salía del sueño quien ordenaba los días sugiriéndoles tácitamente a cada uno cómo vivirlo. Así, y sin cuestionar, el dueño del bar sabía hacer de dueño de bar porque al salir de su camastro se chocaba con los cajones de envases vacíos, la costurera sabía coser porque su máquina la esperaba bajo la luz de la ventana, el barrendero sabía barrer porque sus herramientas interrumpían su paso en el portal y el intendente sabía ser burócrata. Y las parejas sabían que esas eran sus familias y no otras, porque en esas camas, junto a ese otro, habían despertado.

Pero, sin duda, lo más importante para Emilio era que ni una sola sospecha, ni la más insignificante duda sobre nada se colaba en sus vidas. Podía estar rotundamente tranquilo.

Durante el día posterior a su primera fiesta nocturna, Emilio recorrió exhaustivamente el pueblo registrando movimientos, personas y propiedades y hasta dibujó un plano de las calles y casas para poder trazar una ruta ágil de saqueo. El mapa y los primeros registros los tuvo listos a mediodía, luego tomó una larga pausa para el almuerzo, una siesta en la hora del peor sol y por la tarde, dedicó un poco más de tiempo a los registros hasta que la luz dejó de ser intensa. Entonces regresó a su casa, escondió celosamente sus anotaciones y se preparó unos mates para saborearlos en el esplendor del patio.

Esa rutina diaria la cumplió sin sobresaltos durante algún tiempo, cambiando solamente el lugar de la merienda. A veces prefería estar en la cocina y otras en la vereda dependiendo del clima, su ánimo o las ganas de compañía. En definitiva, fueron días tranquilos guiados por la ambición y la seguridad de la conquista.

Emilio tenía una muy buena imagen de si mismo: creía que superaba en inteligencia a los demás mortales, que estaba predestinado a grandes lugares pero que por alguna indignante y desconocida razón –más ligada a la estupidez de los otros que a su propia soberbia– su camino estaba lleno de retrasos. Este parecía ser el justo premio a su valía y lo disfrutaba a lo grande. En ropa interior. Con unos amargos y una pava oscurecida. En calcetines gastados. En silencio. Solo.

Su otro gran premio eran las noches: cada una única, distinta a las anteriores y, sin embargo, todas tenían el momento en que llegaba Alicia. Su presencia dibujándose en Emilio, noche tras noche, definiendo sus límites y perfiles sólo para él. Ella no tenía de sí más que la imagen que le daba el espejo y así se presentaba cada fiesta nocturna, así se despegaba del gran grupo del pueblo, descubriendo entre tantos a ese hombre de mirada profunda que la convocaba desde lejos. Y sin saberlo, más o menos a la misma hora cada noche, llegaba a ese actor novato, fabricante de una escenografía de espontaneidad donde ella podía alojarse siempre nueva, siempre distinta, siempre anhelada.

Mientras que los días iban sosegándose, cada vez más iguales a sí mismos, más domingos todos, las noches iban poblándose de matices, aristas y capas. Emilio no tenía problemas a la luz del sol para calcular, programar y sopesar alternativas cada vez más adecuadas y precisas para llegar a su meta, su gran golpe. Pero la fiesta de fin del mundo-día, y después poco a poco también sus vísperas, lo sumergían en un mar de dudas donde nada estaba claro. Excepto Alicia. Sus ganas de Alicia.

En las primeras noches sólo se predisponía para beber y comer en compañía de muchos; la llegada de ella era una repetición de su primer encuentro, casual e inquietante. Luego, muy pronto en realidad, el vestirse en su casa, la pequeña caminata hacia la plaza, los primeros momentos sin verla se fueron cargando de una ansiedad que sólo se calmaba –un poco– cuando ella tropezaba con sus ojos. Después, las charlas, la necesidad de inventarse cada vez una vida diferente para ver cuál le gustaba más –a ella, a él– en cuál encajaban mejor. Para Alicia todas eran interesantes, todas llamaban su atención, la llenaban de preguntas, encendían sus ojos. Para Emilio, todas eran puentes para ver como ella, en silencio o en palabras, danzaba suavemente hacia él.

Hasta que una noche, por fin, tuvo la necesidad de quedársela.

Después de tres días en los que, en sus razias por el pueblo, deseó encontrarla y no pudo, la obsesión por llevarse las escasas riquezas de ese lugar empezó a ceder terreno para concentrarse en un trofeo único. Ella.

Durante las tres semanas que llevaba ahí –el tiempo ocioso se dilata– no la había cruzado en la calle a la luz del día. Sabía que vivía con López pero nada más. Cuando el esquivo azar comenzó a serle consiente, se tomó un tiempo para vigilar la escalera del costado de la municipalidad a ver si la veía entrar o salir. Subir o bajar. Pero nada. Sólo la veía en la fiesta cuando parecía nacer del brazo del Intendente para, desde allí, arrancar hacia él. Tal vez tuvieran otra casa lejos de la municipalidad, tal vez él la encerrara durante el día, o tal vez, simplemente, ella no era de salir. Esto sólo dejaba una única alternativa: llegar con ella en su cama al fin de la noche. El problema era cómo lograrlo.

La primera vez probó lo obvio: invitarla a ir en su casa. La respuesta también fue obvia. No. Insistió con un "sólo tomamos un café. Después te acompaño a tu casa". No, otra vez. Y cuando iba a arremeter con un nuevo envite llegó López y por esa vida -la que terminaba esa noche- se acabó la ilusión.

No se desanimó en lo más mínimo porque para esa altura ya celebraba el hecho de que cada día era un empezar de cero. Él tenía paciencia y cada vez más ansias de conquista.

La siguiente noche intentó que el mismo Intendente se la entregara, pidiéndole que por favor la enviara a su casa urgente alegando justificativos tontos como que necesitaba desprenderse de unas cosas de la cocina que le estorbaban. Era el primer paso: si él aceptaba, sólo le quedaría la conquista en privado. Pero el hombre no era ningún idiota y le dijo que con todo gusto le diría que fuera, mañana, bien temprano por la mañana. Un ataque de ira embargó a Emilio que en ese momento quiso simplemente darle un golpe en la cabeza a López y llevarse a Alicia a su casa, encerrarla y esperar a que el sueño hiciera lo suyo. Varias veces lo pensó, pero si siempre había sido esquivo a la violencia, esta vez, estando en desventaja ostentosa frente a la contundencia física del burócrata, no encontró mejor camino que continuar en las filas del pacifismo estático.

En la siguiente fiesta, Alicia estuvo radiante. Un vestido negro ceñido al cuerpo, el pelo suelto y un collar rojo la engrandecían. Pero también, como un adorno más, venía con una abulia absoluta hacia él, una indiferencia ostensible hacia sus miradas y la sonrisa dibujada sólo para otros. Él hizo todo lo posible para que ella cayera en sus ojos, pero su atención era sólo un roce sensual que se alejaba rápidamente.

Entonces enloqueció y, por primera vez en su vida itinerante, sufrió por amor.

¿Amor? Si, nada le interesaba excepto tenerla, todos sus recursos estaban puestos en conquistarla, su ansiedad sólo se serenaba cuando estaba con ella, se sentía omnipotente y vulnerable frente a su mirada profunda. Si eso era amor, entonces, estaba enamorado. Por primera vez, a los treinta y nueve años.

Esa noche sólo pudo padecer estoicamente su indiferencia, pero para la siguiente reunión se auto-prometió un cambio definitivo. Una vez descubierta esa conjunción de ternura y pasión en su corazón, ya no podía mantenerse sereno.

XI

El día estaba inusualmente húmedo para ese verano de pueblo seco y sol rajante. Emilio dio un paseo por las afueras y se sentó un rato al lado del arroyo para dejar la mirada perdida en una piedra en mitad del cauce que generaba una pequeña ola al choque de la leve corriente. Era una manera de perderse en pensamientos atemporales y libres, un abandonarse en los sentidos para que perciban a solas y a sus anchas.

Su conciencia no era de las del tipo moralista, de las que separan el bien del mal, sino más bien egocéntrica, de las que intentan todo el tiempo que objetos, personas y acciones encajen en un esquema de conveniencia propia. Lo que no le era propicio tampoco le resultaba importante. Había reunido todas sus complicaciones para que no fueran más allá de los malabares que tenía que hacer para que el escaso dinero que ganaba le durara un poco más. Esa era la única ausencia que le afectaba, entre tantas que lo rodeaban, sólo había tenido corazón para su vacío financiero. Hasta ahora.

Sintió hambre. De vuelta a su casa se sorprendió de que la farmacia estuviera abierta. El encargado estaba apoyado en el borde de la puerta mirando hacia la calle de entrada desde la ruta. Se acercó para fijarse en el nombre de su etiqueta -le resultaba más cómodo leerla en cada uno que recordarlos a todos– y le preguntó amigablemente qué pasaba.

- Espero la otra parte del envío. El muchacho llegó con la mitad de las cosas que traía el remito y ahí se dio cuenta de que dejó cosas de más en la farmacia del otro pueblo. Se fue hace un rato ya. Estará por volver –dijo con una expresión de nostalgia por su siesta perdida.

- Un error que lo deja sin almuerzo ¿no? Estos repartidores…
- Son unos dormidos. Parecen narcotizados, la verdad –completó el farmacéutico.

Y ahí se le ocurrió. Narcóticos. Ese era el mejor plan posible, y por lo visto el único a su alcance, para quedarse con Alicia. Así que improvisó:

- ¡Qué injusto! Gente que anda como boba, como dormida por la vida y yo que no puedo pegar un ojo. Desde hace cuatro noches, mire. Sólo cabeceos y no descanso nada…

El hombre entonces dejó el apoyo del marco de la puerta y tomando una actitud profesional, lo observó uno momento y diagnosticó:

- No, hombre. Eso no puede ser. Se le nota en la cara que usted no descansa.

"¿Se me nota en la cara? ¿Cara de qué me ve este?" pensó Emilio con un principio de furia que supo encauzar para seguir con sus propósitos. Reforzó entonces la actitud desgarbada que le era natural.

- Miré, pase adentro, que mientras espero a este pasmarote, le ayudo con su problema.

Si el farmacéutico, sólo unos minutos después, se lo hubiera cruzado una calle más adelante le hubiese quitado de las manos ese frasco de somníferos con el que había transformado el rostro de Emilio en el de un guerrero triunfante. Llegó a su casa justo para picar algo antes de su ya infaltable siesta y esperó la noche con la tranquilidad del poderoso.

XII

Esa noche, para acrecentar su deseo, ella tardó en llegar. Pero esta vez no vino del brazo del Intendente sino que apareció junto a Gladys, envueltas ambas en una conversación que parecía animadísima. Parecían grandes amigas. Continuaron un rato con aquella tertulia, hasta que por fin se separaron. Mientras Gladys se alejaba hacia la mesa de bebidas, Emilio interceptó a Alicia en su camino hacia López.

- Hola. Está usted maravillosa hoy –dijo Emilio casi embobado– Quería hacerle unas preguntas sobre mi casa, necesito un par de consejos... A un hombre solo se le escapan muchas cosas...
- Y si, tantas Marcelo, tantas –congenió ella con una de sus sonrisas instigadoras– Dígame: ¿en que lo puedo ayudar?

Rondaba ya la mitad de la velada, cuando Alicia lo dejó para ir a saludar a alguien que le hacía señas desde lejos. Emilio la siguió con la vista hasta que se interpuso Gladys, allá, junto a la mesa de bebidas. Se acercó a ella por detrás y notó que miraba al intendente López a hurtadillas, tapado por el amontonamiento del baile. Una vez puesto a su lado la saludó:

- Buenas noches. Linda fiesta, ¿no?
- Muy linda –contestó ella girando su cuerpo hacia él como queriendo disimular hacia dónde estaba orientado antes. Sus ojos brillaban alegremente y un rojo natural en sus

mejillas tapaba el rosado rubor artificial, por lo que Emilio sospechó que estaba arrebatada por secretos pensamientos o tocada por la bebida. O las dos cosas. La idea de una cómplice, hacían sin duda que esa fuera la noche señalada.

- Tengo una propuesta para hacerle –le dijo él acercándosele discretamente.
- Espero que sea decente –contestó y estalló en una risita adolescente muy ajena a ella.
- Podría decirse, pero no se preocupe. Le va a encantar, estará preguntándose ¿Por qué no lo hice antes? ¿Cómo pude vivir sin esto? –su speech de vendedor le afloraba de vez en cuando– ¿Tiene un momento? –Y sin darle posibilidad de responder la tomó por el codo del brazo con el que sostenía su trago y la separó un poco del ruido. Una vez allí, atacó.
- Usted está realmente enamorada del señor intendente Aníbal López –la extrema formalidad daba más contundencia a la sentencia– No puede negarlo. No lo haga.

Ella se sorprendió, pero como sus reacciones estaban ralentizadas por el alcohol y no tenía además muchas ganas de ocultarlo, volvió a caer en la risita nerviosa.

- Claro, es así. Y harían una pareja perfecta –remató Emilio, sonriendo paternalmente mientras tomaba aire para la segunda parte. Ella respondió con un gracioso gesto de coquetería.

Emilio evaluó el terreno y decidió que aún ella necesitaba escuchar un poco más del color rosa de la vida, así que por los siguientes veinte minutos pintó un panorama de felicidad absoluta entre ella, tan adorable, gentil, cariñosa, elegante y hacendosa, y él, tan viril, protector, educado, servicial y romántico, porque aunque ella no lo había notado -él sí, se lo podía asegurar- el caballero no le había quitado la vista de encima durante toda la noche.

Gladys estaba perfumada por esa nube de felicidad de novela romántica que le regalaba Emilio y la disfrutaba con todas las defensas bajas. Él por fin, completó su estratagema:

- Tal vez él no sepa cómo sacarse de encima a Alicia. Si ella no estuviera, seguro estarían juntos ustedes dos.

Ese comentario, dicho como al pasar, impactó de lleno en la mujer. Lo miró con seriedad, la miró a Alicia a la distancia con ojos duros, lo miró a López con ojos de compasión y sin apartar la vista de él, recibió la estocada final

- Yo puedo ayudarla. Los dos podemos ayudarnos. Usted se queda con don Aníbal, y yo…
- Con Alicia –dijeron a coro, sellando un pacto marcado por deseos liberados y efluvios alcohólicos.

Fácilmente se pusieron de acuerdo para llevar a sus presas a casa de Gladys. Una vez allí tomarían una copita, los cuatro, de algún licorcito aromático, aunque sólo los otros dos lo acompañarían con los somníferos que llevaba él en un bolsillo. Después, esperar el silencio total del pueblo, tal vez la madrugada, para que Emilio se fuera a su casa con Alicia en brazos. El sueño haría el resto y así, con una nueva baraja justamente repartida, comenzarían un nuevo día.

XIII

El sol se colaba por las rendijas de las persianas de madera. Gladys y Aníbal despertaron bien separados en la cama pero en cuanto abrieron los ojos se arrimaron para dejar que sus cuerpos se despidieran con ternura antes de salir a desayunar. Ella fue a la cocina a preparar todo mientras él se daba un baño. Después, se sentaron a la mesa en medio de cafés con leche, pan y mermeladas para hablar de enormes vaguedades. Luego López acabó de vestirse y mientras terminaba de abrochar su camisa, recogió el saco y se acercó a ella para despedirse. Buscó la etiqueta sobre su pecho y pronunció el cliché desconociendo su novedad:

- Hasta luego Gladys, nos vemos a mediodía.

Ella dio un giro con la cabeza buscando algo por la casa, tomó un pañuelo caído sobre el sillón y dando una rápida lectura a la solapa de él, se acercó para meter el pañuelo en el bolsillo de su saco.

- ¡Ay Aníbal!, ya te ibas sin terminar de vestir.
- Gladys, por favor, soy el Intendente. Habrá cosas más urgentes que un pañuelo –le replicó mientras se acercaba para besarle cariñosamente la frente– Pero gracias, estoy un poco aturdido esta mañana...
- Por eso mismo, el Intendente debe estar impecable. Así se enorgullece una y todo el pueblo. A mediodía te espero. Tal vez necesites un poco más de descanso...

Él la sujetó por la gruesa cintura para que lo acompañara hasta la puerta. Allí se despidieron con un beso en los labios, tierno, fresco, enamorado.

Cuando Emilio despertó, Alicia aún dormía a su lado. Sonrió satisfecho y dolorido por el golpe que se había dado durante su maratónica noche de complicidad con Gladys, desencajados entre idas y vueltas para rescatar todas las cosas de ella y de él de la casa del Intendente para repartirlas en sus nuevas casas. Él las había acomodado de manera que no hubiera sospechas sobre su vida en común. Sabía que nadie –ni ella misma– iba a dudar de esa situación, pero quiso estar cien por ciento seguro.

Ella despertó al fin. El corazón de Emilio latía alterado pero intentaba no demostrar ningún rasgo de novedad en sus movimientos. Era principiante en eso de la convivencia, con esa mujer o con cualquier otra. En un principio, cuando empezó con los viajes por las provincias, se tomaba un tiempo de descanso en su ciudad natal para simular que tenía un centro, o por lo menos, una base de operaciones. Pero luego, su viaje fue como una ronda de la que no se bajaba nunca, solo una parada más larga en donde el cansancio lo encontrara más vulnerable. Esa rotación le había asegurado una soltería de lo más estable, una extranjería casi endémica. Su convivencia más duradera se limitaba a alguno que otro cruce inapropiado con otro corredor en alguno de los hoteles únicos de esos pequeños pueblos perdidos en el mapa. Y siempre eran hombres, ariscos como él mismo, fabuladores, solitarios, tolerables apenas como compañeros en alguna comida entre tantas, de vez en vez, conservando las distancias con sus aceitadas máscaras de vendedores exitosos. Solo eso, nada más largo o duradero o íntimo o afectuoso. Y ahora, ella.

Alicia se acomodó, giró sobre su lado derecho para verlo mejor y como muestra de satisfacción por lo hallado (Emilio no era mal parecido) le regaló una sonrisa dulce. Lo besó y saltó de la cama. Sus pantuflas estaban ahí, esperándola, el espejo del placard le dio un espacio para la coquetería y tras una breve visita al baño, partió para la cocina a preparar el desayuno.

Emilio se quedó un momento más acostado, concentrado en los ruidos que venían desde ahí, tratando de adivinar a que correspondían cada uno: las tazas sobre los platos, la pava sobre la hornalla, los cubiertos. Corta el pan.

El olor de las tostadas lo arrancó del dormitorio y dos segundos después estaba ya sentado a la mesa servida, con una mueca graciosa en la cara.

- Creo –le dijo con toda la sinceridad de que era capaz– que esta es la mejor mañana de mi vida.

Ella se giró, lo miró un momento con cara extrañada y le respondió en tono amoroso:

- La mermelada es de naranja. ¿Cuántas de azúcar?

Emilio entendió de pronto, en esa primera hora juntos, que eran peces de distintas aguas. Él nadaba en un océano de variedades contrastables mientras que ella lo hacía en un hilo de agua de momentos únicos, irrepetibles. Pero en ese momento, la excitación de la victoria por haber deseado algo y haberlo conseguido, acallaba todo lo demás.

Pasaron el resto del día dando un paseo por el pueblo, almorzando en el bar y disfrutando del sexo con sus cuerpos renacidos en la penumbra de la siesta. Actuaban con la serenidad de quienes ya se han amado mil veces, como si se conocieran tan profundamente que supieran sin vacilaciones a qué lugar llegar para encender al otro. Eran, sin duda, grandes simuladores, pero además contaban con buenos instintos y una atracción innegable.

Ya por la noche, mientras se preparaban para ir a la fiesta, Emilio sintió un miedo desconocido: el miedo a perderla. Estuvo a punto de pedirle que no fueran, pero la veía tan animada que no se atrevió a plantear algún cambio de planes. Esa nueva inseguridad, lo desconcentraba un poco, lo aturdía, quitándole la tranquilidad o sosiego que había disfrutado durante todo el día. Trataba de disimular y lo hacía bien, pero ahí estaba el monstruo, rebotando impune contra su diafragma.

Fueron noventa y cinco minutos eternos, rugosos, que terminaron diluidos arrastrando con ellos el temor de Emilio. Cuando llegaron retrasados a la plaza, el intendente López y Gladys ya estaban ahí y parecían la pareja más establecida y firme del mundo. Tal vez fueran en realidad un matrimonio separado en alguna noche nefasta por una copa de más, por una mala intención o por un simple descuido.

Sólo cuando Emilio y Alicia pasaron junto a ellos les dedicaron un saludo gracioso y formal para luego ignorarlos durante el resto de la noche.

Bebieron, comieron y hasta bailaron con una algarabía juvenil. Entrada ya la noche, mientras se abrazaban en un lento bolero, Alicia susurró al oído de Emilio:

- Marcelo, vamos a casa. En esta plaza hay demasiada gente, ¿no te parece?

Él la besó fuerte en los labios, la sujetó de la cintura y le hizo caso. Así llegaban al fin de su primer día. Emilio sentía que había pasado la primera prueba.

Los siguientes cuatro días fueron igual de extraordinarios. Ella practicaba cada día, sólo para divertirse, diferentes juegos de seducción: lo quería sin cuestionamientos, sosegada y tiernamente. Y aunque esto a veces reconfortaba a Emilio, en otras, también lo perturbaba profundamente. Para él, que sí tenía memoria como para notar el contraste, la nueva situación de estar y sentirse acompañado, lo dejaba titubeando. Entre ansiedades y temores, sentía que quizás por primera vez podía elegir. Pero esa elección era a veces una urgencia, se encendía en su conciencia como una señora gorda demandante y autoritaria que lo impelía a escoger entre seguir adelante sobre ese terreno desconocido o volver hacia atrás, de vuelta a la seguridad de su soledad fiel.

XIV

Así pasaban los días, algunos con cambios profundos, otros con rutinas renovadas, toda una danza invisible para un único espectador, aunque a veces también protagonista .

Alicia era una joven muy vital, siempre en movimiento y alegre casi todo el tiempo. A Emilio le estaba costando más de lo imaginado deshacerse de su independencia exacerbada, pero ella no le ponía reparos dejándolo hacer, y se mostraba indiferente a las discrepancias quedándose sólo con las acciones o conversaciones que fomentaban una actitud unificadora, que los mostraba del mismo lado y no en universos opuestos. No es que evitara los conflictos, en realidad es como si no registrara la posibilidad de su existencia.

- Marcelo, ¿me oís?... ¡Marcelooooooooo!
- Si, ya te oigo, no hace falta que grites. Estaba pensando – le respondió Emilio desde la cama, donde se había echado para huir de los rayos del sol.
- Vení al patio, dale. Te tengo una sorpresa

Con toda la pereza de la media tarde, Emilio respondió al pedido. En el patio, la luz solar lo encegueció y sólo pudo oír la voz de Alicia que le decía:

- Te presento a Emilio.

Sintió que toda la sangre se le iba a los pies e inmediatamente rebotaba hasta su cabeza. Una ola de calor le encendió la cara mientras que miles de puntos negros lo obnubilaban impidiéndole distinguir aquello que lo aterraba.

- ¿No es lindo? –completó Alicia, que esta vez le exigía alguna reacción.

Y entonces lo vio: un perro. O mejor dicho: el perro. Ese horrible chucho que supo patear en su primera recorrida por el pueblo y que no había vuelto a ver, tan feo como entonces pero ahora rodeado por los brazos de ella.

A la cara de asco y sorpresa que puso agregó:

- ¿Por qué llamar Emilio a ese bicho tan... contrahecho?
- Me gusta mucho ese nombre. Además le queda bien.
- ¿Le queda bien? Es un nombre digno, de persona, de persona digna, ¡cómo se va a llamar así ese engendro!
- ¡Marcelo! ¿Qué te pasa? No seas tan cruel. No será muy lindo de afuera pero es muy dulce, ¿no ves? –le dijo mientras se dejaba lamer la mano por el perro– Acaricialo, vas a ver qué ternura es...

Emilio lo miró fijo mientras Alicia lo giraba para que conociera a su nuevo amo. El perro claro que lo vio, lo miró fijo y como dudando, le gruñó enseñando los dientes del lado derecho.

- ¡Me gruñe! –gritó Emilio, pensando en realidad ¡me reconoce!

- Pero no... No seas cobarde, a mí me hizo lo mismo al principio pero después, si lo acaricias, se le pasa. Acercate, dale....

Emilio se acercó con la mano abierta, como sosteniendo un peso -tal vez el de su culpa por la cachetada-, como entregándole una ofrenda de paz. El chucho bajó las orejas y como aquella primera vez, se dejó acariciar sumiso.

- ¡Bien! –gritó Alicia– Ya tenemos perro. Emilio, esta es tu nueva casa y estos tus nuevos amos –y sujetándose del brazo de él, los presentó– Alicia, es decir yo, y Marcelo.

Emilio, el humano, resignado, creyó que únicamente podía apelar el uso del nombre. Le insistió con que no era apropiado para un animal, que mejor llamarlo Fido o Pulqui o Bandido. Pero ella no era fácil de convencer. Probó entonces el golpe bajo:

- Es que Emilio era el nombre de mi abuelo.

Alicia se quedó muy quieta, dejó de sonreír y lo miró seria con el ceño fruncido. Él en un principio no entendió el porqué de ese cambio y se puso a pensar todo lo rápido que pudo para encontrar la razón. En eso estaba cuando la cara de Alicia volvió a cambiar.

- Tonto –le dijo cariñosamente– casi caigo. Vos no tenés un abuelo Emilio. No sabés si tenés un abuelo y mucho menos Emilio.

Ahí estaba el error: aunque tuviera datos firmes de que algún familiar se llamara así, no tendría vinculación afectiva con él, no se acordaría.

La pelea estaba perdida por puntos y sin rechistar tuvieron ese perro y con su nombre.

El siguiente cambio también sobrevino en medio de una tarde. Tomaban mate en el patio, con Emilio, el perro, sentado bajo las sillas, cuando Alicia preguntó:

- Marcelo, ¿vos de qué trabajás?
- De vendedor –respondió sin pensar.
- ¿Vendedor de qué?
- De cosas –le dijo mientras le pasaba un mate.

En realidad contestó por acto reflejo sin pensar que era una oportunidad para cambiar de oficio. Para darse un poco de tiempo argumentó una visita urgente al baño. ¿Qué quería ser, qué hubiera querido ser? Quedaba descartado todo lo que implicara un conocimiento técnico como ingeniero, constructor, médico o carpintero. Tampoco podía ser algo disparatado como camionero de productos inflamables, piloto de carreras o jockey y descartado también todo lo que implicara una responsabilidad seria. Otra cosa importante: tendría que haber en la casa señales de ese trabajo, una ocupación que dejara huellas que guiaran el retorno al trabajo los días siguientes. Quizás esa ausencia, esa casa limpia y sin imperfecciones como marcas de habitabilidad, había despertado la curiosidad de Alicia. Entonces se le ocurrió.

Volvió al patio, se sentó, cebó un mate y en la mitad de la bebida, con la mirada perdida en un punto del piso dijo:

- Alicia: yo en verdad no sé de qué trabajo.
- Ah, bueno. ¡Ya somos dos! –respondió con su alegría habitual– Vamos a tener que buscar algo para hacer, ¿no te parece? Esta vida así es un poco aburrida.

Emilio se sintió un tanto mortificado pero no dijo nada. Después de todo, él también estaba empalagado de tanta tranquilidad. Ese proceso además ya lo conocía y sabía que el aburrimiento traía la desidia, el paso previo a ese deseo irrefrenable de dejarlo todo y empezar de nuevo lejos. Pero que fuera ella la que delatara el aburrimiento, hería su orgullo y re-motivaba su atención.

Tener una ocupación que realmente le interesara podría ser grato pero el primer problema con el que se topaba era que nada le interesaba realmente. Mientras que Alicia encontró en quince minutos que hacer, él no pudo centrar su pensamiento en un solo objetivo, se alejaba enganchando una idea a otra, una ilusión a una utopía, una fantasía a un resquemor.

Alicia decidió pintar paisajes. Fue presurosa hasta la librería de la que volvió con varios potes de acuarelas, papeles, lienzos y pinceles. Dejó todo sobre la mesa de la cocina mientras que con una excitación creciente buscaba por la casa algo que, según parecía, le era imprescindible. Lo encontró: era un rectángulo de madera en el que escribió su nombre y profesión: "Alicia – pintura a la acuarela". Satisfecha con su placa, la colgó en la puerta de calle desde donde lo llamó para compartir el momento.

- ¡Marcelo! ¡Vení a ver qué lindo!

El perro se puso en marcha antes que él y esta nimiedad sirvió para que la ira que venía acumulando estallara sordamente. Pero esta vez no podía patear al can, como era su intención, porque ella lo observaba desde la puerta. Sólo pudo descargarle una serie ininterrumpida de insultos en voz bien baja, que incluyeron frases como "robarme el nombre, asqueroso" "¡Emilio soy yo pedazo de mugre!" y cosas así de insensatas, absurdas e inútiles que no sirvieron de nada para ocultar su fracaso.

XV

Sin el más mínimo aviso, desde ese momento Alicia dedicó pocas horas del día a Emilio/Marcelo, ocupada en la confección de sus paisajes de acuarela que eran, a decir verdad, muy buenos. Todos los días siguientes, apenas se levantaba y veía los cuadros retomaba la tarea como si no hubiera otra cosa en el planeta. Sí disfrutaba de la compañía de Emilio, el perro, que la seguía por todos lados echándose las mejores siestas a la sombra de cualquier arbolito. Tan ocupada estaba que no volvió a interesarse por conocer en que pasaba sus días él.

El cambio para Emilio fue demoledor. Justo cuando empezaba a preguntarse si esa vida emparejado le gustaba o no, si él era realmente capaz de compartir tantos momentos con una sola persona, ella tomó la decisión de poner una distancia desértica. No había dejado de ser cariñosa, sensual y dulce, pero lo era sólo en los pocos momentos del día en que no estaba pintando. Él sintió esto como un rechazo inmerecido y durante un tiempo, mitigó su angustia deambulando solo por el pueblo, observando taciturno a la demás gente, feliz en su cotidiana vida amnésica.

Hasta que un día, al regresar cansado de uno de esos largos paseos, entró a su casa al atardecer y notó que Alicia aún no había llegado. Le llamó la atención porque ella estaba obsesionada por la luz y sus efectos sobre los colores de las plantas, por lo que únicamente trabajaba cuando el sol estaba bastante alto. Pensó que estaría probando nuevos efectos, que la entrada de la noche le estaría dando desconocidos encuadres que la retenían un rato más. Pero cuando la noche era un hecho desde hacía dos horas, se empezó a preocupar y salió a buscarla. Primero recorrió la cercanía del arroyo, después fue por las calles solitarias mientras la gente se preparaba para la celebración del fin de día en la plaza y luego en la fiesta, durante toda la noche. Fue inútil, no estaban ni ella ni el perro por ningún lado.

El amanecer del día siguiente lo encontró en vela, buscando aún por el pueblo donde ni un solo ruido atravesaba el ambiente. "Si ladrara el perro", pensó, pero tampoco, ni eso. Con las primeras luces volvió a las afueras del pueblo, donde ella solía estar, por si le había sucedido algo y hubiera pasado inconsciente la noche ahí. Todo el día estuvo en eso, ni ganas de pasar por el bar para comer algo tuvo. Quería encontrarla y llevarla de nuevo a su casa y tener un trabajo para hacer con ganas y disfrutar con ella de los momentos en los que confluirían sus deseos, encendidos por sus actividades diarias y las ganas de compartir.

Después de cuatro días y cinco fiestas, dejó de sentir la prepotencia de la búsqueda. Siguió esperándola, sí, pero su desesperanza le obturó el movimiento. Se quedó en su casa, solo, y para ocupar su mente en otra cosa, de a ratos pensaba en el dinero, en llevarse todo lo material de esa gente y no volver a ese pueblo nunca más.

Después de una semana de fantasear sin energía sobre el poder que el dinero podía prestarle, se admitió que ya tampoco eso le importaba. Y más desesperado aún supo que no se iría a ningún lado porque no tenía, esta vez más que nunca, otro lugar a donde quisiera ir.

XVI

Una mañana cualquiera, de uno de esos días iguales que vinieron, se encontró al perro durmiendo en el patio. Emilio lo miró, un poco atontado por el sueño todavía, y lentamente fue comprendiendo la situación. Su corazón se sobresaltó en el momento en que imaginó que, como el perro, ella también estaba de vuelta. Empezó a buscarla y llamarla por toda la casa y rápidamente se dio cuenta de que no estaba. Sólo el perro había vuelto, solamente el perro.

Abatido, se sentó en la cocina mirando hacia afuera mientras el chucho, que ya no dormía, se acercó a lamerle una de sus manos caídas. Emilio, instintivamente, lo acarició y así estuvieron un rato largo intercambiando amabilidades.

En el resto del día no hizo mucho más excepto alimentarse y alimentar al perro, verlo dormir durante horas y al caer la tarde se le ocurrió conseguir un cepillo grueso para sacarle un poco de la tierra que traía en el lomo. Muy pronto vino la noche y rutinariamente se preparó para la fiesta.

Antes de salir, encerró al perro dentro de la casa. Quería encontrarlo cuando volviera. El animal, que lo había seguido en todos sus preparativos, acató la orden de "quedate acá" que le dio el hombre y se echó tranquilamente debajo de la mesa de la cocina. Cuando apagó la luz ya se había dormido.

En la calle, Emilio sintió como en esa primera noche el sonido de los músicos afinando. Empezó a andar con paso cansado y antes de entrar a la plaza fue alcanzado por detrás por Gladys y el intendente López que venían tomados de la mano. Se pusieron a su lado, ella un poco adelantada como para poder leer su etiqueta.

- Marcelo, ¡buenas noches! –dijo alegremente– ¿Cómo está esta noche?
- Bien –contestó él con palabras huecas aunque su expresión no decía lo mismo– Un poco agobiado –se corrigió.
- Bueno, esta va a ser una gran noche. Ya va a ver –intervino López– Hay luna llena.

Emilio pensó que era una cursilería de su parte, pero no le molestó demasiado. En realidad tuvo envidia del hombre que se alegraba con una cosa tan fútil, rutinaria e inmanejable como el tamaño de la luna.

- Si, una gran noche –condescendió Emilio– buena para los enamorados –agregó con un gesto de picardía desleída hacia ellos.

Ambos rieron efusivamente, se perdieron en una intensa mirada y luego se despidieron de Emilio para plantarse, muy orgullosos y del brazo, en mitad de la plaza del pueblo.

Emilio no fue hacia el centro, se deslizó directamente a la mesa de bebidas para refugiarse tras un vaso de vino tinto. Miraba con ojos fríos a todos los presentes deteniéndose un rato con cada uno pero sin entusiasmarse con ninguno. Había una mujer mayor con bastón, un hombre extremadamente delgado, una chica de largo pelo negro, un hombre con aspecto de deportista, el dueño del bar con su hijo-ayudante, una señora con vestido verde, un grupo de chicos jugando a la mancha, dos hombres fumando habanos y de repente, Alicia.

Ahí estaba, después de todos esos días y noches, del brazo de otro hombre como de su edad al que había visto varias veces en fiestas anteriores. Estaba linda, como antes, vestida con colores muy vivos que le deban un aspecto fresco. El corazón de Emilio estalló con la sorpresa, pero pronto quedó enredado en un temor nebuloso. Se sintió como si estuviera desnudo a la vista de todos, expuesto en su pérdida, alcanzado impúdicamente por la derrota. Por un rato la miró desde lejos tratando de enlazar su mirada como tantas veces antes. Pero había mucha gente en medio y el cruce era imposible. Respiró profundamente para tratar de serenar su corazón mientras se recordaba dónde estaba, cómo era esa gente y que invisible era su fracaso.

Ella reía –él la observaba– con una alegría sincera, excitada, aunque desligada de esa plenitud que da la felicidad cuando surge de los contrastes, de la comparación con los malos tiempos. Arrebatado, sin pensar demasiado o por pensar demasiado en ese hombre que ya no quería ser, por fin se le acercó. Cuando llegó frente a ella notó que ya no era Alicia: ahora se llamaba Julia. Se saludaron cortésmente con un hola y un movimiento de cabeza, pero no aparecieron más palabras para acompañar el momento.

Emilio volvió a perderse en la multitud, o fue ella del brazo del otro la que sembró la distancia, y apenas unos minutos después de que la nueva pareja dejara la plaza, él volvió también a su casa.

Mientras abría la puerta, sintió el movimiento del perro dentro. Entró, encendió la luz y durante un rato se quedó parado aceptando las demostraciones de alegría del animal.

"Querrá salir", pensó en voz alta. Pero no, a pesar de haberle abierto la puerta del patio, el chucho siguió dando saltos, moviendo el rabo y las caderas de un lado al otro y chocando con su cabeza las manos de Emilio acompasado por una mezcla de resoplido y estornudos muy graciosos.

- Bueno, bueno, ya está, ya estoy acá –le dijo Emilio disfrutando de la algarabía.

Como no tenía sueño, decidió prepararse unos mates para tomarlos en el fresco del patio antes de dormir. Durante todos los preparativos, que incluyeron cambiarse de ropa, calentar el agua y darle de comer al perro, estuvo contándole lo sucedido esa noche con un extraño buen humor, verborrágico como nunca y el animal lo seguía con una atención casi humana. En los momentos más alegres, cuando decía "y ahí estaba, hermosa como siempre", acariciaba la cabeza peluda de su oyente que acompañaba la escena entrecerrando los ojos.

Cuando estuvo todo listo, se sentó bajo las estrellas y descubrió la enorme luna llena. Se quedó callado mirándola y recordando a Gladys y López, tan juntos. Miró al perro, sentado junto a él, y de pronto sintió la necesidad de ser otro.

- Vamos a empezar por lo primero –le dijo al animal– Vos con nombre de perro y yo con nombre de persona.

Se quedó pensando un rato y al fin sentenció:

- Vos: Coco, yo: Juan. Y mañana, a la noche, después de ese aburrido pasodoble que nadie sabe bailar, vamos y traemos a Alicia de vuelta a casa.

El perro, Coco, lo miró fijamente como entendiendo lo especial de la declaración aunque con la imposibilidad, apropiadamente perruna, de seguir las palabras. Como única respuesta, apoyó su hocico peludo y desprolijo sobre las piernas de Emilio a la espera de más caricias que el hombre estaba en disposición de dar mirándolo con ojos redondos y pupilas dilatadas por la oscuridad.

– Claro que sí: mañana la traigo a casa –dijo Juan, convencido como nunca, ignorante aún de todas las veces que iba a tener que repetir esa conquista, pero feliz. Insensatamente feliz.

.siNsentidO

Ya en mi casa, miró el cuaderno que desde hace mucho tiempo quiero empezar a llenar. Empiezo ahora, empiezo así:

Este cuaderno rojo, dormido sobre un estante desde hace ya mucho tiempo, me provoca con la voracidad de sus hojas en blanco... Escribo estos apuntes sobre algunas cosas que van pasando, sin tener idea de porqué ni para qué. Es quizás que en ese segundo en que lo vi alejarse por la calle de Nidia, sentí que estaba totalmente de acuerdo... con todo. Extraña sensación porque nada ni nadie me había pedido opinión sobre nadie ni nada...

Renuncio desde ya a la cordura y a la lógica narrativa. Serán como los subrraydos de un libro, que se despegan sobre hilos propios de la fluidez de una historia.

Maldita dulzura

INTRODUCCIÓN

- ¡No vamos a ir! ¡No! Carla estaba muy bien casada con Nico, adorábamos a Nico. Un día aparece este Víctor y lo deja todo para estar con él. Deja a Nico. ¡A Nico! -Nidia lo dice arropada por la vehemencia de todos, con el indiscutible apoyo de los cuatro.

- Y ahora, embarazada de Víctor, nos invita a su casa. ¡No vamos a ir! -agrega Lucía mientras Leo y yo asentimos en silencio.
- Listo, este aquelarre dictó sentencia. Todas para una y una para todas- A Leo le gusta nombrarse en femenino casi siempre.

El *mosqueterismo* nos lo tomamos muy en serio y funciona para todo, por eso voy yo a abrir la puerta en casa de Nidia como si la casa fuera mía.

Del otro lado del portal, hay un tal Lucas dice que viene a relevar no sé qué cosa. Y de este lado, yo, sorprendida por la seriedad de su cara en desacuerdo con sus ojos brillosos, lo dejo entrar sin preguntar nada. Nidia le dice que se siente a la mesa y le ofrece té o mate. Tal vez un café. Acepta un té y se nos queda mirando. Y nosotros a él. Así un rato, porque me olvide de decir quién era y los demás pensando que era amigo mío hicieron como si nada. Después de unos momentos, se reanuda la charla con los cinco sentados a la mesa de la cocina cubierta con un mantel de hule amarillo con grandes frutas de colores. Cambiamos de tema eso sí, empezamos a hablar de esa serie de la noche que cada vez está más ridícula. El nuevo, callado, nos mira con una especie de sonrisa. De pronto ¡me doy cuenta!, tengo que repetir lo que me dijo en la puerta que no le entendí bien porque estaba distraída en inspeccionarlo de arriba abajo.

- Nidia, él viene a relevar no sé qué. No le entendí bien - digo.
- Vengo a organizarnos para el viaje a casa de Víctor y Carla. -Lo soltó así, pobre, ajeno a nuestra definitiva e inquebrantable decisión de no ir.
- Si es que vamos -digo yo medio en chiste, medio en serio para romper el aire frío que invadió la cocina.
- ¿Por qué no van a ir? -responde él sin complicaciones- Su amiga los espera con mucha ansiedad.

Touché, tocados a la primera embestida de uno que no tenía la menor idea de nosotros, ni de Nico, ni de nada. Ni nosotros de él, claro.

- ¿Qué necesitas saber qué no nos podrías haber preguntado por teléfono? -contrataco entre risueña y despectiva.
- Saber cómo son mis compañeros de viaje. Vamos en mi camioneta, si les parece bien. Es cómoda. Y entramos todos.

Los cuatro intercambiamos miradas de aceptación resignada. Tampoco era para ser tan fundamentalistas... Viaje, alojamiento y comida gratis por una semana en una casa de campo no se desprecia así nomas... Nico va a seguir siendo nuestro favorito igual.

- Bueno, es verdad. Carla nos espera... -dice Leo para confirmar la claudicación colectiva- ¿Qué querés saber de nosotros?

...

Hora de irse, por fin. Lucas se quedó el resto de la tarde hasta la noche, preguntando cómo nos habíamos conocido, qué cosas nos gustan hacer, qué cosas nos sacan de quicio, de qué trabajábamos, qué nos gusta tomar. Respondimos todo, aunque él no soltó ni una anécdota, siguió tan desconocido o más que como había entrado. Si, creo que más.

De repente se para y dice "Bueno, nos vemos acá el sábado que viene a las 9." Despedidas con sonrisas un poco forzadas (la culpabilidad hacía estragos entre nosotros) y otra vez soy yo la que lo acompaño hasta la puerta.

De nuevo él del otro lado y yo de este, apoyada en la puerta. Me mira, con un universo desconocido en el verde grisáceo de sus ojos, y con un tono cálido y un poco emocionado en su voz, dice: "Vamos a tener un viaje impresionante. Son maravillosos." Sonríe y se queda ahí parado, mirando. No sé, me dio por abrazarlo. Fue raro, como si se ablandara un poco sobre mí. Después de unos momentos, me vuelve a sonreír, da media vuelta y se va.

NUDO

Como cuatro tarados estamos parados en medio de ese enorme patio. No esperábamos un pequeño Versalles en medio de la pampa, sin dorados, sin fuentes, solo un acogedor universo terracota y verde. Nuestros ojos saltan de un lado a otro, de una ventana a otra. Y el resplandor nace en las sonrisas de Víctor y Carla, de frente a nosotros esperando los abrazos. Ocurren, salimos del estupor y nos reencontramos con nuestra Carla de siempre, con nuestros gritos de siempre, descontrolados, como siempre. Pero nos cuidamos de no incluir a nadie más en nuestro abrazo de cinco.

Víctor y Lucas se saludan con un apretón de manos formal.

- Bienvenidos -dice Víctor- esta es su casa.

Su pelo rojo contrastaba con el celeste intenso del cielo. Era realmente encantador, el muy desgraciado.

...

Camino a las habitaciones, Leo aclara en voz baja, intentando sin mucha suerte ser discreto: "Igual lo odio". "Si, si" nos adosamos nosotras, pero sospechando ya que íbamos a tener que sostener con mucho empeño la resistencia en medio de una tormenta perfecta de seducción.

Lucas está detrás de nosotros. No lo habíamos visto. Me doy vuelta y lo miro. Sonríe.

- Nada te saca la sonrisa de la boca, ¿no? -le digo con una alegría irónica- Y a Víctor parece que tampoco.

Responde solo con un gesto de graciosa negación y seguimos caminando.

- Que no haya café con leche a la mañana. Eso la verdad que me cambia la vida –le escucho dedir desde atrás.

Sonrío pero no me doy vuelta. Quiero que no se de cuenta, pero…

…

Carla está feliz y Víctor despliega sus garras hospitalarias sobre nosotros que vamos poco a poco dejando la defensa de eso que tanto nos importaba… antes.

Todo va tornándose maravilloso, tranquilo, como en un raro embrujo ¿de amor?

…

Esta tarde tengo ganas de alejarme de todos y perderme por la casa innecesariamente grande. Hay muchas habitaciones vacías, abandonadas. Peor que eso, como si fueran parte de un castillo en ruinas. En un extremo, está la cocina pero es solo un gran cuarto con una vieja pileta profunda y un lugar para hacer fuego con una chimenea encima. Todo está lleno de telaraña y polvo. “Espero que la comida no salga de acá” pienso y sigo pasando habitaciones sin gracia, sin vida, sin sentido.

...

- No chicos, vayan solos. Hoy anduvimos mucho y tengo los pies como empanadas -dice Carla ante nuestro pedido de ir los cinco a un bar cercano- Lucas los acompaña.

“Bueno, va a ser fácil perderlo”, pienso, aunque la verdad, cada vez me dan menos ganas de que se aleje. Guarda unas historias muy divertidas con las que me ayuda a sobrellevar muchas de las horas de siesta que tanto le gusta disfrutar al resto.

...

El bar es ruidoso y hace calor. Aviso que salgo un momento y desde la puerta se ve cerca una calle ancha e iluminada. Voy para allá. Cuando llego empiezan a pasar coches aunque desde lejos no se veía ninguno. Es raro, no es hora para que haya tanto movimiento, no parece que sea avenida, no hay semáforos... sin embargo, pasan muchos autos.

“Hola”. Lucas está parado a unos metros de mí. Me giro y me sonrojo. Él se da cuenta y sonrie. Empiezo a sentir el cuerpo encendido, como si nos estuviéramos amando. Él lo sabe, me mira y me pregunta si así estoy bien. No se bien que responder.

Si lo estoy, imprevistamente lo estoy. Me dice: "Lo se. Y va a ser más intenso cuando nos toquemos."

Me pongo nerviosa, no entiendo que pasa y él solo mira, no se acerca. Yo estoy paralizada. Me dice: "Esto es lo que hacemos"

- ¿Hacemos quién?
- Nosotros. Especialmente Víctor. Yo soy solo un aprendiz.
- Nosotros... ustedes... no entiendo... ¿Son de una secta? ¿Me pusiste algo en la copa?

Se ríe, me enojo, lo normal. Sigo con el cuerpo descabelladamente vivo. Parece que no tiene, no encuentra o no existen palabras para explicarme.

- Nosotros... hacemos eso. Es lo mismo que ya conocen- dice- pero más. Y cuando pasa, no depende de cosas como tocarse, hablar, oír, ver.
- No son cosas, son sentidos, es lo que percibimos. Es en lo que creemos – le digo.

Si, tal vez exageré un poco.

Sonríe.

Pienso en lo que dijo: "No dependen de cosas como ver..." y me acuerdo de la cocina en ruinas, de los autos insospechados, de su aparición en casa de Nidia, de esta energía envolvente que no me deja pensar.

- ¿Víctor está inventando todo esto? -le pregunto

No responde inmediatamente. Su mirada es entre conmovedora y sexy.

- Víctor me pidió que conectara con vos.
- ¿Conectara? ¿A qué te referís?

Él sonríe más tierno y seductor todavía y en un pestaneo está parado enfrente de mí.

Si, tocándonos es mucho, mucho más intenso.

DESENLACE

Esta mañana vamos llamando a las puertas de nuestras habitaciones para llegar todos juntos al comedor en dónde nos espera el ya acostumbrado desayuno exhuberante.

Nidia, Leo y Lucía ya adoran a Víctor sin condicionamiento alguno.

Quedo atrás en la fila y empiezo a notar que la realidad se va formando a nuestro paso sobre un escenario vacío. Las paredes se pintan, los cuartos se llenan de muebles, las ventanas se abren, el abandono desaparece.

¿Carla lo sabrá? ¿Será consciente que eso que Víctor le da no es real? ¿O será real solo porque se lo da?

Frente al café con lecha mientras los otros charlan animadamente pienso en mi noche con Lucas. No voy a decirles nada. Porque tal vez sea eso. Nada

Llegan entonces los tres: Carla, Víctor y Lucas.

Ahora se nota que son amigos. Antes todos sabíamos que no lo eran pero ahora es evidente que lo son, lo eran y también ahora todos lo sabíamos de antes. "No son cosas de hablar, oír, tocarse", las palabras de Lucas siguen sin armonizarse en mi cabeza,

Observo las charlas distendidas, los planes para el día, la alegría que los embarga. Nos embarga. ¿Tendría que alertarlos? ¿De qué?

Miro a Lucas, sentado del otro lado de la mesa, tan lejano.... ¿Estaba borracha?

Y en un segundo imperceptible aparece sentado a mi lado. Nadie nota el cambio de lugar, como si hubiera estado sentado ahí, todo el tiempo.

- Víctor tenía razón -me dice en tono casi imperceptible- Conectamos.

Tengo muchas preguntas, lucho contra una invasión de dudas, pero lo miro y lo beso. Nadie se sorprende, como si existiera este nosotros desde siempre...

Es una ruidosa realidad de sentidos pero sin sentido…

Luz en la penumbra

- Vamos directo -le aclaro a Lucas. Pero se ve que no entiende porque toma el camino a casa de Nidia. -Vamos directo a casa de Carla- aclaro y ante la serenidad con que da la vuelta sin preguntar nada, agrego- Es que prefiero que viajemos solos. Llegó el momento. Llegaron las preguntas."

Dice "ok" y empezamos a recorrer ese camino incierto hacia sus misterios.

- ¿Cuándo llegaron?
- Hace un tiempo
- ¿Cuánto?
- Mucho
- Ok, empezamos mal -le digo. Él sonríe.
- ¿Desde dónde? -y levanta el dedo índice de la mano izquierda que tenía sobre el volante. Señala hacia el cielo.
- ¿Podrías ser más preciso?
- Podría, ¿pero para qué? -y riendo agrega- Aunque tuviéramos un telescopio no se ve, no tengo fotos, ni videos y no hay pasajes para ir.

Es inútil, no quiere contestar y esos dos puntos no me importa mucho ya. Tengo que seleccionar mejor las preguntas. Ahí va.

- No serás una especie de bicho chorreante y horrible, o un lagarto come ratones, ¿no? -Estalla en una carcajada y yo sigo- Porque esta no es tu forma, ¿no? Supongo que serás otra cosa y te metiste adentro de este cuerpo…

Sigue riéndose mucho, hasta que por fin se calla, piensa un poco y me explica:

- Es que no tenemos forma, tampoco eso que ustedes dicen tiempo o lugar. Bueno, no teníamos; ahora sí. Pero, tranquila, no le robamos el cuerpo a nadie. Ahora somos esto. –Y ante mi cara de confusión, agrega- O sea, somos más o menos lo mismo que ustedes.

Bueno, así estoy desde hace un tiempo. No sé si el delirio es de él o mio, o tal vez de los dos. Se requiere de una gran osadía, que no tengo, para destrozar esta ilusión con la razón, porque en estos cuatro meses que vivimos juntos, ese "distintos pero parecidos" funcionó genial.

- Ok, otra pregunta: ¿Porque estás conmigo y no con otra de tu… tipo. No me mires así y me digas "vos sos mi tipo" -se ríe- Digo, una "rara" como vos…

Se me queda mirando con picardía y levanta las cejas. "Bueno, definamos rara…"

Su extraño buen humor permanente, lejos de lo que me produce el de otras personas, no me molesta, sino que me tranquiliza. Cualquier cosa le puedo decir, cualquiera.

- Rara del tipo "marciana" –aclaro
- No somos marcianos

- ¿Entes extraterrestres?
- Ahora somos de acá
- Me parece que mejor volvamos a casa -digo casi seria- No nos estamos… -y recordé su palabra- "conectando"

Apretó el acelerador, puso su mano en mi pierna y dice: "Sí, si lo estamos"

La radio se enciende y cantamos esa canción, a los gritos, desentonados, pero con mucha emoción. Se ve que la gracia de las cuerdas vocales armonizadas no les vino en el paquete terrenal…

Bajo la radio y sigo. No me voy a rendir fácil.

- ¿Por qué acá? Y antes que me des vueltas con ¿qué es acá?, aclaro. ¿Porqué vinieron a Argentina?
- ¿Qué es Argentina?
- ¿Perdón? –pregunto desconcertada. Se ríe.
- Es que no estamos en un solo lugar
- ¿Son omnipresentes?
- No, somos muchos.
- Claro, claro. Naturalmente, cómo no se me ocurrió, no iban a ser dos nada más.

Bueno, cambiemos la perspectiva porque el formulario común no sirve.

- Ah, entiendo. Entran por el Uritorco y se desparraman por el mundo -entiende la ironía y calla con gesto gracioso- ¿Crearon las pirámides? ¿Son Jesús? ¿Buda?... ¿Hitler?
- A ver: ¿Qué es lo que te preocupa? -dice un poco más serio- Vamos, preguntá de una vez lo que te interesa saber, sin filtros.

Tiene razón. Ese algo que realmente me molesta…

- ¿Para qué inventan ese estado de bienestar permanente, para qué fabrican esa fantasía de armonía y felicidad?
- No hacemos eso
- Sí. Hacen eso. Vi como se llenan habitaciones de cosas hermosas, vi como están siempre alegres, vi como todos se relajan en ese spa de… -no iba a decir en voz alta "mentirosos"- Llevamos meses juntos, casi pegoteados y ni una mínima discusión.
- Cuando no hay motivo, ¿de qué vamos a discutir? Además, no estamos siempre de buen humor, solo que cuando no estamos para compartir, no compartimos.
- ¿Y qué, en estos meses, de casualidad, siempre alegre?
- No estuve siempre alegre
- No te despegaste de mí un momento… -él me mira evitando responder, hasta que al final repite: "No estuve siempre alegre"

Me quedé pensando. Claro, inventan realidades. Tal vez, cuando no está alegre, me duerme o se hace invisible o… lo que sea.

- Lucas, no hace falta que seamos felices todo el tiempo. –intento una versión condescendiente de mi misma que no le sirve a nadie- No es eso lo que pretendo, no soy una nena. Será un desgaste para vos mantener ese estado de…
- No, no lo es -dice excepcionalmente serio
- Si, tiene que serlo
- No, no lo es -más serio todavía, casi como que parecía enojado…
- ¡Pero qué testarudo!
- ¡Listo! ¡Ya tuvimos nuestra primera discusión! ¿Paramos a desayunar?

Otra ves la sonrisa en su cara, otra vez la armonía asegurada.

Sentados en la mesa en esa estación de servicio sobre la ruta, con el aire frío y seco de la mañana entrando por la puerta abierta, interrumpo su ritual de revolver su café con leche para preguntar:

- ¿Cuánta gente sabe que ustedes existen? Además de Carla y yo…
- Solo vos.
- ¿Carla no lo sabe? -su respuesta me espanta.
- Solo vos. Fue una idea mía…
- ¡Pero le voy a contar!

Levanta la cabeza y casi sin expresión me dice: "Nadie te va a creer. Nadie logró nunca ver lo que vos viste. Quise mostrártelo, solo por eso lo viste. Y solo por eso lo aceptas como real".

Estoy asustada, pero no tengo miedo de él, sino de mi salud mental. Me levanto después de unos segundos y voy hasta el mostrador.

- Mi amigo, el de esa mesa de allá necesita mostrarte algo que... encontró en... -le digo a la chica del local- ¿Podrías acercarte en algún momento?"

Estudio cada gesto, cada movimiento de sus ojos, cada reacción. La veo levantar la vista y mirar hacia dónde estaba Lucas y...

- ¿Ese muchacho pelirrojo de allá?

Respiro aliviada y le digo que no, "mejor te lo traemos nosotros cuando salimos'. Perdón"

Mientras vuelvo a la mesa, pienso: Hay algunas cosas, según se ve, para las que una no está preparada: la alegría persistente, la información reservada, la atractiva dureza de la verdad.

- ¿Qué anotás ahí? –me pregunta señalando mi cuaderno rojo que sobresale implacable de mi mochila
- Cosas –le digo con indiferencia fingida
- ¿Cosas que no puedo saber?
- No –entiendo rápidamente su juego, pero sigue hablando antes que pueda responderle.

- ¿Cosas que te gusta mantener bajo control? ¿Cosas que intuís pueden hacer mal y que sin enbargo te queman por dentro y tenés que encontrar una forma para que… se alejen de vos?
- Al contrario –respondo desnuda- son apuntes sobre los que tengo la esperanza de que me ayuden a entender…
- ¿La realidad? –pregunta frío.
- No –digo después de pensarlo un momento- no de entender, de soportar la incertidumbre.

Se levanta, me espera y vamos juntos hacia el coche.

- Tal vez un buen almuerzo tambien ayude –dice entusiasmado- Conozco un restaurante en un pueblo cercano a casa de Victor, metido entre los sauces al lado de un riacho que…

No, hoy no fue el día. Aparentemente.

El puente que no explotó

Casi llegamos.

"No sé por qué no te da sueño después de comer como comes", le digo a Lucas. Todavía no aprendí que algunas preguntas tópicas no tiene sentido hacerselas llegar.

La entrada al castillo pampeano tiene una arboleda espesa con toda la mítica de un túnel atemporal. A la mitad, le pregunto: "¿Y qué tal va a ser el día? ¿Alguien recibe un Lucas de regalo hoy?".

Parece que él sí domina la técnica de dejar pasar de largo algunas de mis preguntas.

Al entrar al gran salón veo ya instalados a Nidia y Leo, relajados en esos sillones enormes con una copa de vino cerca. Víctor, parado junto a la chimenea nos saluda efusivamente como siempre. No me canso de decirlo, su efusividad no decae nunca. Nos dicen que Carla, ya con el embarazo avanzadísimo, se fue a recostar a su habitación.

"¿Y Lucía?", pregunto. "'¡¡¡Ah!!!", contesta Nidia. "Uhhh" resopla Leo y aclara: "Parece que conoció a "alguien". Busco los ojos de Lucas, parado junto a Víctor. "¡Qué bien!", digo sin sacarle la intensa mirada de encima: "¡Qué sorpresa, la verdad, qué sorpresa!"

Leo me deja un lugar en su sillón, que aprovecho sin dudar. Hablamos del viaje, la ruta, las medialunas, el almuerzo, lo que vamos a hacer, lo que no vamos a hacer… En algún momento Víctor y Lucas salen del salón y creo que es mi oportunidad para "contarles" lo que sé. Abro la boca para hablar, un poco más grande, tomo aire, exhalo y me callo. En otro momento a lo mejor…

Después de un rato, decidimos cambiarnos para salir a caminar. Nidia quiere fumar, pero prefiere hacerlo lejos para que nadie la vea. Quedamos en volver a reunirnos en ese salón en quince minutos, pero yo no voy a nuestro cuarto, no sé cuál nos corresponde y además tengo mucha curiosidad por volver a ver esa cocina en ruinas..

La puerta del pasillo está cerrada, tengo que salir y dar vuelta por el patio. Sin rastros de Lucas o Víctor, a ver qué encuentro. Abro la puerta y la cocina es, esta vez, una cocina moderna. Tiene exactamente el mismo tamaño, pero es una cocina completa del siglo XXI. Entro, mirando cada detalle, la cruzo y me quedo parada del lado opuesto a la entrada apoyada en la gran isla central. Un vaso de agua aparece a mi lado. Y también Lucas.

- ¿Querés uno?-me pregunta de frente a la cafetera expreso.
- No -le respondo- Lo que quiero es no estar pendiente de esta locura.

- Bueno, parece que de ese gusto de cápsulas no hay - responde risueño.

Siento un ruido que viene de afuera y me asalta el miedo a que sea Víctor. Nunca estuve sola con él. O con los dos.

Se sirve el café y se instala a mi lado, mirando también para afuera.

- Siento que estoy completamente loca
- Sabés que no
- No, no lo sé.
- Si. No lo estás.
- ¿Por qué me lo... dejaste ver?

Luego de pensarlo un momento, contestó:

- Creí que... lo ibas a...
- ¿Aguantar?
- Preferir
- Tal vez –digo después de pensarlo- si fueras algo más preciso... Con "conectar" y "eso es lo que hacemos" no alcanza... No me alcanza.

Nidia y Leo llegan en ese momento: "¡Dale, vamos!" dicen ansiosos desde la puerta. Lucas da vuelta la cabeza y se queda mirándome con un gesto dulce. Despacio se aleja para dejar la taza en la pileta.

- Nidia, tomá -dice Lucas acercándole un encendedor. Ella me mira un poco enojada.

- Yo no le dije –aclaro
- ¡Siempre a la defensiva!. Sos MUY neurótica, nena. ¡Qué importa, vamos! -me reclama Leo que tiene miedo a la oscuridad y aclara que no quiere andar “por esos pajonales cuando caiga la noche”.

Nos reímos y nos vamos los tres dejando atrás a Lucas que nadie se acordó de invitar.

....

Esta noche, el campo luce su silencio perfecto. Durante el día las chicharras, los animales y sus cuidadores saben ocultarlo bien, pero en las noches da rienda suelta a todo su esplendor.

- ¿Qué ensombrece a Nidia? -pregunta Lucas sentado al pie de la cama.
- ¡Ay, qué poético! “Qué ensombrece a Nidia” -respondo bajando el libro. Él me mira esperando aún la respuesta.
- Si, ¿qué? -vuelve a preguntar un minuto después.

Resoplo y acepto que es mejor contestar, aunque tenía ganas de despacharle un inútil “estás inventando”

“A ver... Nidia...”. Pensé durante un momento largo cómo responder a esa pregunta que nunca, ninguno de nosotros nos hicimos.

“Bueno, no sé bien a qué te referís, porque ella no se queja de nada. Sí, de las cosas que nos quejamos todos, las compañías de servicios, los compañeros de trabajo, los vecinos, los políticos, el calor… Suele ser seria, pero alegre también. No es un -iba a decir cascabel, pero encontré otra imagen mejor- una marciana siempre con la sonrisa en la boca, pero… en sombras… que se yo”

Ya sé que cuando no agrega palabra y se me queda mirando espera más. Siempre hace lo mismo, con todo. Sigo entonces.

“Te la voy a describir como si no la conocieras, ¿dale? A ver si eso te deja… como sea.” Se ríe y me sigue observando.

“Vive en esa casa desde siempre. Es la casa de sus abuelos, es hija única y vivió con sus padres y los padres de su madre ahí hasta que fueron muriendo. Primero sus abuelos, después su madre y el último, hace unos años, fue el padre. Misma casa, mismos muebles, ella sólo modernizó algunos electrodomésticos. Sabe tocar el piano y habla perfecto francés e inglés. Es ingeniera en no sé qué, además. Trabaja mucho, estudia mucho, siempre está con algún curso de perfeccionamiento de algo. La familia siempre tuvo dinero, así que no se preocupó nunca por ese tema. Tuvo un novio, medio primo lejano, que era un poco pesado, muy pesado en realidad, y la dejó para hacerse cura o monje de clausura, algo así. Mucho tiempo después tuvo otro que se fue no sé por qué ni a dónde. Ella iba a ir con él, pero ahí murió su madre y bueno, no fue”

Me callo por fin, pensando en lo que había contado. Razones para estar ensombrecida tiene, pero (y digo en voz alta) "Ella no se queja. Está siempre bien, de buen humor digo, siempre activa..."

Lucas se mete en el baño y después de un rato sale y se acuesta a mi lado. Me da un beso, desea buenas noches y me da la espalda. Durante todo ese tiempo, yo inmóvil, repasando lo que le había contado...

- ¿Vos decís que la pasa mal? -pregunto diez minutos después, sabiendo que siempre se duerme después que yo.
- No. No lo digo.
- Ah, "sabes" -respondo haciendo las comillas con los dedos en la oscuridad- y me lo estás "contando" -otra vez comillas en el aire para que las vea nadie.

Y fue ese nadie destinatario de los gestos el que no respondió...

...

Víctor fue el último en llegar al desayuno, que esta vez organizamos en la galería techada. Carla y Leo le contaban a Lucas de un recital al que habían ido ellos dos y Lucía porque nosotras "los abandonamos a último momento", bajo la protesta de Nidia que repetía "¡se olvidaron de avisarnos!" mientras yo intento decidir si como la mermelada de pera o la de naranja. Entra Víctor con un teléfono sonando. Es el de Nidia

- Ya volverán a llamar -dice. Cuando contestó ya habían cortado.

En medio de la siesta, se escucha un grito, y después, dos gritos al unísono. Nos reunimos todos en el pasillo que da a las habitaciones viendo como Nidia, pálida, reía mientras se le caían algunas lágrimas.

- Néstor -dice- Néstor quiere que vaya a París. Hay un puesto libre en dónde él trabaja desde hace mucho, cuando se fue... Ibamos a ir juntos... Algo del estado, bien pago...- ríe no puede decir más, está en shock
- ¡¡¡Y en París!!! -cierra Carla, mientras los cuatro abrazados damos gritos y vueltas en redondo.

Por fin, nos damos un tiempo para respirar y mientras veo a Nidia resplandecer en medio de todos, clavo los ojos en Lucas que, disimulando con poco esfuerzo, los evita.

...

Volvemos a casa al día siguiente de semejante noticia. Viaje sin preguntas esta vez. El sol pega fuerte bajo el techo de chapa de esa estación de servicio. Sube al auto después de cargar nafta y mientras se sujeta el cinturón, me escucha decir: "Bueno, sigue Leo, ¿no?"

Se tira hacia atrás, interrumpiendo el encendido y mirándome serio, responde:

- Deberías aceptar que las cosas pasan. Y disfrutarlas. Y ya está...
- ¿Fuiste vos o Víctor?

Parece preocupado. Junta el ceño unos momentos y luego se afloja. Otra vez sonriente y distendido.

"Víctor", dice.

Enciende el coche y mientras arranca, agrega: "Tantas preguntas... No entiendo..."

Intenta no respirar

- ¿Carla y Pablito no llegaron? -pregunta Lucía entrando a la cocina de Nidia- Y Víctor tampoco, claro -agrega
- No quieren sacar a Pablo todavía, nació hace un mes nada más. -aclara la dueña de casa mientras no para de acomodar dulces sobre la mesa- Los veré a la vuelta, por ahí ya camina...

Lucía vino a la despedida de Nidia sin Matías porque está de guardia en el hospital. Lucas y yo llegamos más temprano para ayudarla a arreglar algunas cosas en la casa, porque la deja en alquiler por el año que dura el contrato. Solo falta Leo, aunque es raro porque suele ser el primero en llegar.

- Uh, es Leo -dice Nidia mientras atiende el teléfono- Sí, lo conozco, ¿qué pasa? -todos interrumpimos lo que estamos haciendo para esperar las próximas palabras- Si, entiendo. ¿En qué hospital?

La vemos palidecer, sentarse y temblar. Antes de que corte, me doy vuelta para mirar a Lucas. Su cara sin expresión me asusta.

- Leo -dice con un hilo de voz- está en el hospital. Ayer lo molieron a palos a la salida de un boliche. -Nadie se atreve a preguntar, por eso aclara- Está bien, golpeado y con una pierna rota. Podemos ir a las cuatro a verlo...

Lucas me pasa su brazo por los hombros y me atrae un poco hacia él. Pero yo me alejo, enojada, desconcertada. Asustada.

- Pero vamos ahora -dice Lucía- Vamos ahora.

Estamos de acuerdo pero decidimos ir en dos autos por si podemos traernos a Leo. Lucía va con Nidia quien se va a encargar de avisar a Carla.

Lucas y yo subimos al coche y mientras arranca, sentencio: "Ahora llegamos y lo dejas como nuevo, ¿no?"

No responde y empiezo a pensar lo peor. Me enojo mucho más pensando la opción más rebuscada. "¿Fueron ustedes? ¿Qué hizo Leo para que le hagan esto? ¿Qué les molesta?"

Estoy absolutamente descontrolada y Lucas lo sabe. Estaciona en cuanto puede y con un tono de voz que no le había oído antes, me dice:

- Esto tiene que parar. Imaginas que somos dioses… o demonios, que manipulamos la vida de los demás a nuestro antojo. No hacemos eso, ya no sé cómo hacerte entender…
- Ahora no quiero entender nada, quiero que cuando lleguemos al hospital Leo esté perfecto, sin pierna rota, sin cara machucada, sin el miedo terrible que le va a quedar de salir a la calle.

- No -replica y moviendo la cabeza de un lado a otro, y repite- No... no
- ¿No, qué? ¿Son capaces de pintar paredes y llenar cocinas con mierdas y me vas a decir que no vas a hacer nada por Leo?

Respira hondo y exhala antes de contestar: "Nada de esto tiene que ver con nosotros. Nada. No sé qué te imaginas, pero esos matones imbéciles existen a pesar de nosotros, no podemos hacer que su cuerpo se cure solo, ni...

Intento no decir todas las cosas horribles que me pasan por la cabeza. "Arrancá. Vamos" le pido sin alzar la voz.

Dos semáforos más allá, me pregunta: "¿Me crees que no queremos esto para Leo y que no hay nada que pudiéramos hacer para evitar que le pasara?"

- No -es mi respuesta seca- No y no puedo creerte porque son unos... unas cosas extraterrestres que al final actúan como cualquier humano, solo les importa su propio bienestar. Démosle dulces a los terrícolas para que estén contentos y no nos amarguen las vacaciones. Eso es lo que hacen ustedes.

Se me queda mirando. Definitivamente la sonrisa ya no habitaba en su cara. Siento sus ojos, pero sigo mirando para adelante unos momentos, solo hasta que me calmo un poco. Recién ahí, giro la cabeza y también lo miro.

- Estoy asustada -tengo necesidad de sentir su piel y acaricio su cara. Él devuelve el gesto con ternura- Vamos a buscar a Leo, después hablamos de lo nuestro.

Asiente y pone la vista al frente. Pero no arranca.

- Nunca, en ninguna circunstancia y por ningún motivo vamos a ser la causa del dolor. Y en muchas, muchas ocasiones no vamos a poder hacer nada para impedirlo. ¿Eso sí me lo crees?

Solo hago un gesto, asintiendo con toda la cabeza. Por convicción o cansancio, pero eso sí elijo creerlo.

...

Vamos de vuelta a casa, Leo está bien, mucho menos asustado de lo que me imaginaba, con el yeso intervenido por unos enfermeros simpáticos. Me avergüenzo un poco del viaje de ida al hospital y con voz tranquila digo a Lucas:

- Bueno, Leo tiene razón: soy muy nerótica. Parece que soy capaz de sacar de quicio a todos los habitantes de la galaxia.

El comentario le hace gracia, pero se toma un momento para responder

- Tenemos... tengo que mejorar nuestra comunicación... que quiere decir, que... que si te dejé ver algo, ahora tengo que contarte el resto. Lo entiendo. Pero...- y espera que diga algo que no voy a decir- Pero si te parece, mejor mañana.

“Me parece bien. Mañana” -y agrego- “Ahora me gustaría aflojar un poco tanta...”

Y sin terminar la frase, siento en el cuerpo lo mismo que aquella noche iniciática a la salida del bar.

Antes de hacerlo estallar

Desde el cuarto escucho a Lucas que parece estar hablando con alguien en voz muy baja, pero como no se oyen las respuestas, supongo que está en el teléfono.

Ya no puedo volver a dormir, lo intento porque es domingo y temprano, pero es imposible. Al levantarme siento un poco de frío y busco algo cómodo pero abrigado para ponerme encima de la remera de dormir.

Entro a la cocina, nos saludamos y me avisa que ya tiene todo listo, que solo tengo que sentarme. Hay tres tasas en la mesa, pero no me da tiempo a preguntar para quién es la otra porque suena el timbre de la puerta. No la del portero, sino la del piso. Apoya las tostadas en la mesa y va a atender. Escucho que dice "Gracias por venir. Está en la cocina"

Pienso que será alguna de las chicas y me alegro, pero se me evapora el entusiasmo cuando veo que es Víctor. Saluda, se sienta y me pregunta cómo estoy.

Espero a que entre Lucas o Carla, pero no llega nadie. Después de tanto tiempo, estamos solos por primera vez.

Tengo ansiedad o miedo, pero estoy decidida a ocultarlo. Pregunto por Carla, por el bebé, dice que están bien y me muestra algunas fotos que tiene en el celular.

- Ah, es pelirrojo -digo por no decir la otra cosa que estoy pensando
- Si -responde- Pero tiene los ojos de Carla... la misma mirada
- Bueno, es chiquito todavía, ya veremos a quién se parece cuando crezca un poco más.

Y eso es todo. No se me ocurre qué otra cosa preguntar además de ¿A qué viniste?

Me paro, saco cosas de la heladera, lleno la mesa de cosas. Le ofrezco café, té, agua, jugo. A todo dice que no.

- Lucas me pidió que hablara con vos –dice por fin
- ¿De qué? -pregunto tratando de evitar el momento que tarde o temprano sabía iba a llegar.

No me responde. Me mira y se queda pensando cómo empezar. Pero me apuro y comienzo yo.

- Preferiría hablar con Lucas y no con vos. No lo tomes a mal, pero... prefiero que sea Lucas
- Lucas cometió un error y no puede arreglarlo.
- ¿Vos sí?
- Yo sí.

Nos quedamos otra vez en silencio, con la mirada fija pero serena en el otro. Cuando abre la boca para hablar, lo interrumpo: "Pará. Pará. Dame un momento"

“Tengo todo el tiempo del mundo” -responde. Se acomoda en la silla y se sirve una tostada que empieza a untar con una lentitud arrolladora. Lo observo, como hipnotizada por el ritual que aprovecho para tranquilizarme un poco.

Después de tragar el primer bocado, arranca a hablar.

- Algo ya sabés: no somos de acá, vinimos de lejos. Llegamos discretamente y con la misma reserva nos mezclamos entre la gente. Éramos otra cosa, nada que conozcas o qué imagines según mencionó Lucas, y ahora somos como nos ves. Digamos que nacimos ya de esta forma.
- Con superpoderes -interrumpo ansiosa
- No -ríe con dulzura- O sí. Mejor te sigo explicando. -Asiento en silencio y continúa- Lo único que tenemos en común todos nosotros y que nos diferencia de ustedes, es que el tiempo para nosotros no es lo mismo. Es más parecido a una pieza de ajedrez que podemos… desplazar como si fuera un objeto.

Se calla y me deja pensar mientras termina su tostada.

- No entiendo -digo por fin
- Si, es lógico. Tal vez si te doy ejemplos…Lucas te dejó ver algunos de esos movimientos, ¿te acordás cuáles fueron?

Sí, me acuerdo de algunos pero también recuerdo que me había dicho que Víctor los provocaba.

- Dijo que eras vos. Que vos "lo hacías"
- Es verdad, si, era yo. Pero él hizo que vos pudieras verlos. Solo eso
- No entiendo…
- Decime alguna de las cosas que Lucas te mostró
- La cocina de tu casa -fue lo primero que me acordé
- Bien. La cocina está en reformas ahora mismo.
- No, está terminada, yo la vi… -sonríe y aclara:
- La última vez, lo que viste es como va a quedar en unos meses. Y eso, lo hice yo. Así la ven y la vieron todos siempre. Pero la primera vez Lucas superpuso el aspecto de la cocina del siglo pasado. Solo para que la vieras. Solo para que… supieras
- ¿Y los cuartos? las paredes, los muebles
- Lo mismo.
- ¿Los coches en plena noche? -no contesta. Me acuerdo entonces de otras cosas
- ¿El llamado de Néstor para Nidia?
- Era un llamado que iba a llegar, solo que lo adelanté un poco
- ¿El novio de Lucía?
- Lo iba a conocer dentro de cinco años.
- ¿Y Leo? ¿Por qué no paraste, no pararon a esos energúmenos?

- No podemos evitar que las cosas ocurran. Solo podemos retrasarlas o adelantarlas y Leo ahora es joven, esa paliza en diez años hubiera requerido una recuperación mucho más larga...

Me quedo en silencio. Víctor me deja pensar, hasta que pregunta:

- ¿Me crees?
- No
- ¿Por qué?
- Porque hay muchas otras cosas que no...
- ¿Cuáles?
- Tu eterno buen humor, el de Lucas, Carla... Nidia, Leo y Lucía te adoran...
- ¿Qué tiene de malo?
- Que es mentira
- No -dice con cierto tono de tristeza- No lo es.
- Ok. Vos le pediste a Lucas que "conectara" conmigo, lo que mierda sea eso. ¿Se lo pediste?
- Si.
- ¿Y qué es eso? Porque eso no es jugar con el tiempo. ¿Es un hechizo? ¿Una ilusión?
- Es amor -responde y ya no sonríe.

Nos quedamos en silencio un buen rato.

- Alguno de nosotros, tenemos además una habilidad extra. Lucas puede hacer capas con el tiempo. No por mucho rato, solo algunos "minutos", es lo que hizo con la cocina, sobre mi movimiento superpuso el suyo el tiempo suficiente como para...

- Volverme loca -interrumpí resignada
- Ya veo -y continuó- Ese fue su error. No estabas preparada y así no debían empezar las cosas.
- ¿Pueden ver el futuro?
- Para nosotros, no es...
- ¿Pueden?
- Sí, podemos. Pero no... como decirlo... no estamos pendientes del futuro ni del pasado. No es lo mismo para nosotros. No tiene la misma relevancia
- No te enojes, Victor, pero quisiera que te vayas. Quiero que te vayas vos y Lucas, quiero...
- No me puedo ir hasta que no haya terminado de hacer lo que vine a hacer.

No respondo. Me tapo la cara con las manos y me quedo así, quieta, en silencio.

- Mi habilidad adicional es distinta a la de Lucas. La mía es poder borrar ciertas cosas, borrar no es la palabra... quiero decir... Por ejemplo: ¿te acordás de las primeras vacaciones de tu vida? De la segunda vez que fuiste al mar o del tercer día de escuela, o de todos pero todos los días de escuela? -como no respondo, sigue- No, nadie puede. Nadie recuerda todo lo que vivió, algunas cosas se... apagan con el tiempo. No te olvidás de lo que cenaste anoche, pero si lo que comiste el 15 de abril de hace dos años. Ese olvido, lo hace el tiempo. Con un nivel de precisión, de exactitud, va marcando algunos eventos y... Bueno, eso es lo que yo hago. Adelanto olvidos.

Me saco las manos de la cara y mirándolo, le digo: "No quiero saber más. Quiero que te calles. Qué te calles y te vayas"

- No puedo, lo siento. Tengo que preguntarte, a eso vine. Para eso me pidió Lucas que hablara con vos. La pregunta es: puedo irme ahora y dejar que sigas dudando de cada acto, de cada gesto hasta que todo se rompa para siempre o te puedo ayudar a olvidar algunas cosas hasta que estés preparada para oírlas. ¿Qué querés que haga?

En ese momento veo a Lucas parado en la puerta, esperando por mi respuesta. No dice nada, solo mira.

...

Dentro del cuaderno, hay una hoja suelta que escribió Lucas.

"Amor, no voy a leer lo que está escrito en este, tu cuaderno. Ya me lo contarás, cuando lo hayas releído. Solo quiero sumar el diálogo posterior a tu elección, ese domingo de agosto.

- *Víctor, ¿cómo se te ocurre venir a Buenos Aires y dejar sola a Carla y al bebé? –dijiste sorprendida por su presencia*
- *Tenía que venir por un tema importante, pero ya está resuelto –te respondió Víctor, mientras yo salía de la cocina con este cuaderno en las manos.*
- *¿Tenés fotos del nene? ¿Querés comer algo? ¿Una tostada?*

Y viste las fotos por segunda vez pero con emoción de primera mirada, le regalaste un sereno: "Qué amor, ¡Y tiene el pelo rojo como ustedes! Qué lindo es..."

www.ingramcontent.com/pod-product-compliance
Lightning Source LLC
LaVergne TN
LVHW050314160826
845677LV00014B/3392

* 9 7 9 8 8 4 6 7 2 2 5 8 3 *